AGONIA

....

Alvin Brito Meza

Copyright © 2022 by Alvin Brito Meza

All rights reserved.

No portion of this book may be reproduced in any form without written permission from the publisher or author, except as permitted by U.S. copyright law.

Contents

Introducción	1
1. Capítulo 1	2
2. Capítulo 2	8
3. Capítulo 3	17
4. Capítulo 4	22
5. Capítulo 5	31
6. Capítulo 6	37
7. Capítulo 7	42
8. Capítulo 8	48
9. Capítulo 9	54
10. Capítulo 10	61
11. Capítulo 11	70
12. Capítulo 12	77

13.	Capítulo 13	82
14.	Capítulo 14	90
15.	Capítulo 15	96
16.	Capítulo 16	101
17.	Capítulo 17	110
18.	Capítulo 18	121
19.	Capítulo 19	129
20.	Capítulo 20	135
21.	Capítulo 21	142
22.	Capítulo 22	150
23.	Capítulo 23	156
24.	Capítulo 24	164
25.	Capítulo 25	169
26.	Capítulo 26	178
27.	Epílogo	204

Introducción

Esta ciudad ha tenido mala fama luego de que una serie de inexplicables desapariciones alertara a sus habitantes. Sobre todo al momento de encontrar los cuerpos demacrados de las víctimas, dejando unos escenarios tan perturbadores que causaron la renuncia incluso de los mejores detectives.

El autor de estos crímenes es alguien a quien el mundo conoce como Misterio. Uno de los criminales más enigmáticos del mundo.

¿A dónde lleva a sus víctimas? ¿Qué hace con ellas?. No existe respuesta a esas preguntas, pues todo acerca de él es un completo enigma. Y las pocas personas a las que se cree que tuvieron contacto con él, no se les ha vuelto a ver desde entonces.

Capítulo 1

El reloj marca las ocho y cuarenta y seis de la noche. Los jóvenes llegaron a la mansión poco antes, pero estuvieron inconscientes hasta ahora.

Han despertado, y aunque los chicos escuchan las voces de sus compañeras, no tienen forma de verse unos a otros, ya que se encuentran separados. Y para peor, las habitaciones donde se encuentran representan un peligro para su salud, encontrándose en un estado casi inhabitable. Ya están orientados, por lo que se encuentran en lo que parece ser la sala principal: Un salón muy amplio, con una iluminación poco intensa cortesía de las luces clásicas que cuelgan de un gran candelabro y un par en las paredes divisoras de color amarrillo pálido detrás de las escaleras por donde bajaron. Cuenta también con muebles de estilo victoriano y cuadros vacíos.

Estando ahí encuentran una carta encima de uno de los muebles. Javier la mira con curiosidad y sin pensarlo dos veces procede a leerla en voz alta.

«Saludos muchachos»

«Espero que disfruten su estadía aquí. Sé que en este momento se encuentran asustados y con muchas dudas, así que les diré lo que necesitan saber.

Ustedes cuentan con dos meses para salir de este lugar con vida, y para mi entretenimiento, se enfrentarán cada día a diversos desafíos. También aprovecho esta oportunidad para mencionar las cinco reglas de las que están sujetos.

*No pueden ingresar a las habitaciones con llave a menos de que les indique que forman parte del reto de ese día.

*Tienen prohibido asomarse por las ventanas o tratar de romperlas.

*Deben realizar todos los retos tal y como yo se los indique.

*Chicos y chicas duermen en habitaciones separadas.

Y la última y más importante...

*Está prohibido tratar de pedir ayuda tanto para los retos como también para tratar de escapar. En todo caso sus teléfonos no les servirán de nada, ya me encargué de eso.»

«Les deseo suerte muchachos. La necesitarán...»

—Esto tiene que ser una estúpida broma. —Jackson sigue sin poder creer lo que está pasando. Confundido y lleno de ira, arruga la carta y la arroja al mueble donde estaba en un principio.

—No lo puedo creer —dice Elizabeth desde el costado con notoria preocupación—. ¿Alguno de ustedes sabe dónde estamos estamos?

—Ni idea —le responde Alexander—. Lo último que sé es que estaba en mi cuarto jugando videojuegos.

—¡¿En serio?! —agrega Brayan que lucha por tener la más mínima señal, ignorando casi por completo su situación.

—¡¿Dónde estoy?! —preguntó una joven que recién acaba de levantarse—. ¡¿Quiénes son ustedes?!

—Cálmate Annabelle. —Su hermana mayor Taylor, le acaba de dar una bofetada para que entre en razón—. Estoy segura de que hay una buena explicación para todo esto.

—Estoy de acuerdo con ella. Tenemos que mantener la calma y esperar lo mejor porque no hacemos nada pelando y entrando en pánico. —Aunque Manuel es consciente de la situación, también es consciente del peligro que implica estar en pánico. Para esto último siempre intenta tenerlo todo bajo control, y es por este tipo de cosas que sus padres siempre lo han considerado como alguien bastante maduro para su edad.

De repente, el silencio se ve interrumpido por una extraña voz masculina que resuena en toda la mansión, poniendo a los jóvenes en estado de alerta. Es una voz profunda y autoritaria, pero que al mismo tiempo resulta agradable, logrando captar la atención inmediata de los jóvenes.

—Saludos muchachos, pueden llamarme Misterio. Y sean bienvenidos a su primer reto. —A pesar de sonar cortés, en realidad no es un tipo cuerdo, y los jóvenes están por descubrirlo—: Pero antes de empezar, debemos apagar la luz~

La luz se corta por unos breves y desesperantes minutos, y al volver, los jóvenes se dan cuenta de que ahora están en habitaciones diferentes. Están llenas de agua, y por alguna razón algunos están sobre unas plataformas de madera, siendo incapaces de ver a sus compañeros.

AGONIA

—¡¿A qué estás jugando estúpido?! —Jackson está tan confundido como preocupado, y no pierde de vista a la única persona que tiene enfrente, la cual es Alexander que está tan asustado como él.

—Hum... Ustedes jugarán a un pequeño juego llamado "Mareas Asesinas".

—¿Puedes ser más específico? —le pregunta Nicole a Misterio con los brazos cruzados desde la otra sala.

—Bueno. —Contiene la risa—. Dos de ustedes ayudarán al resto a liberarse de unos tanques de vidrio. Los que están en aquellos tanques se encuentran atados, y sus rescatistas tendrán que adivinar dónde están ubicados estos tanques. Pero no será fácil.

—¿Qué quieres decir con eso último? ¡Ya déjate de acertijos! —Elizabeth no confía en lo que su secuestrador acaba de decir, y no piensa dejar ir ningún detalle.

—Los rescatistas cuentan con un juego de llaves. Suerte adivinado las correctas. —Eso último lo dice para sí mismo y continúa—: Y el agua donde buscarán a sus amigos será turbia, por lo que tendrán que usar el tacto.

—¿Al menos el agua es segura? —pregunta Gabriela nerviosa.

—Probablemente no —le responde Misterio—. Sin más que decir, ¡Que comience la diversión! —él deja escapar una risa que congeló la sangre de los jóvenes.

El tiempo empieza a correr y los jóvenes toman tanto aire como pueden antes de sumergirse. Los rescatistas son: Alexande y Jackson en el grupo de hombres; y Taylor y Nicole en el grupo de mujeres. Ellos intentan buscar los tanques donde sus compañeros están presos del pánico, pero el agua al ser turbia les complica el asunto. Saben que están contrarreloj, y se acaban de dar cuenta de que tendrán que ir más profundo, ya que no hay duda de que ahí es donde se encuentran los demás.

Por desgracia Annabelle es claustrofóbica, y ya no soporta estar más tiempo metida en su tanque. Con todas sus fuerzas intenta patear desesperadamente el cristal para salir, pero esto no pasa desapercibido, y Misterio se da cuenta.

—No, no, no~. Buen intento querida, pero estos cristales están blindados, así que será mejor que no gastes tu oxígeno en tonterías.

—Aunque romper las reglas es una sentencia de muerte, Misterio decide contenerse porque de lo contrario, su diversión no duraría mucho.

El tiempo avanza y Alexander logra liberar a sus compañeros con la ayuda de Jackson y así, la habitación donde se encuentran comienza a drenar el agua.

—Felicitaciones chicos, solo faltan tus compañeros. Si sobreviven —dice este último con una sonrisa siniestra.

Pasan los minutos que parecen horas y la preocupación de los chicos no se hace esperar.

—Espero que estén bien —dice Brayan quien no deja de mirar el reloj.

—Yo igual, debieron terminar hace rato —responde Manuel sentado con los brazos cruzados.

Lo que no saben es que sólo falta Gabriela por ser liberada. Las chicas intentan encontrarla y ella no puede pedir ayuda por dos buenas

AGONIA

razones; Está prohibido por las reglas que Misterio indicó hace horas, y porque está amordazada. Así que solo le queda esperar, y llorar por la impotencia de no poder hacer nada al respecto.

Pasan los minutos y para su fortuna, Taylor y Nicole la rescatan. Al momento de llegar a la superficie su habitación finalmente comienza a drenar el agua.

—Felicidades chicas. Gabriela por poco y no lo cuentas. —Misterio empieza a reírse tan solo de imaginar al cadáver de su víctima flotando por la habitación. Pero esto no es tan divertido para ellos, ya que la risa Misterio es tan perturbadora que les congeló la sangre tan solo de escucharla, estremeciendo cada parte de su ser y haciendo que incluso algunos tiemblen.

—Su cena estará esperándolos en la cocina. Después de comer, les recomiendo que descansen para que mañana puedan seguir entreteniéndome.

Tal y cómo lo dijo Misterio, los jóvenes cenaron, aunque no del todo porque no confiaron tanto en lo que se les presentaba después de lo que pasó. Ahora están en sus habitaciones listos para dormir, o mejor dicho... intentarlo.

Capítulo 2

E s un nuevo día y los jóvenes están sentados en el salón principal donde se conocieron anoche por primera vez. Una de las chicas sugiere que deben compartir algunas cosas sobre ellos para conocerse mejor aprovechando que todavía tienen tiempo antes del nuevo desafío que Misterio les tiene preparado.

—¡Es una increíble idea! —Ámbar está muy contenta por esa propuesta—. Después de todo, estaremos aquí juntos un largo tiempo.

—Bueno, en ese caso empezaré —responde el joven mientras se acomoda—. Mi nombre es Mike. Hace poco cumplí dieciséis años, solía vivir en California antes de mudarme y que todo esto empezara. Me encantan los deportes, incluso formo parte del equipo de mi escuela. Me gustan las charlas y también soy hermano de este galán.

—Agarra a Alexander y despeina su cabello castaño, algo de lo que se avergüenza y se libera del agarre de su hermano para no parecer vulnerable.

—Wow, debo admitir que su español es muy bueno —dijo Ámbar.

AGONIA

—Gracias, nos pusieron en clases de español desde muy temprano. No sabía para qué hasta que llegamos aquí.

—Bueno... —Se arregla el cabello—. Como escucharon soy el hermano de Mike, y mi nombre es Alexander, aunque todos prefieren llamarme Alex. Tengo quince años, me gustan las historias de todo tipo y la mayor parte del tiempo me gusta jugar videojuegos. Siento que es una buena forma de distraerme.

—¡Qué coincidencia! Taylor, Nicole y yo también somos hermanas —comenta una joven mediana y pelinegra con mucho entusiasmo—. Mi nombre es Annabelle aunque nuestros padres me dicen Anna. Nicole y yo tenemos diecisiete, lo que hace que Taylor sea la más pequeña ya que tiene quince años, aunque debo admitir que es como la hermana mayor.

—Vamos, no es un secreto que soy la más madura entre nosotras —responde Taylor mirando la galería de su teléfono.

—Como tú digas. —Continúa Nicole—: Sea como sea, yo soy la más activa, aunque reconozco que eres un poco más valiente que yo. Solo un poco.

—De acuerdo, mejor sigamos —interrumpió una chica alta y rubia—. Mi nombre es Elizabeth, tengo dieciséis años, y aunque reconozco que soy competitiva, les aseguro que disfruto la compañía y hacer nuevos amigos a donde sea que vaya.

En medio de la conversación Anabell desvía su mirada percatándose de un chico de cabello gris y ojos verdes que está examinado con la mirada el lugar al que lo trajeron, todo esto sin decir ni una sola palabra y mostrándose un poco abrumado. Esto llama la atención de la joven y decide acercarse.

—Oye... Di algo que te veo muy callado. —Ante esto qué le dijo Anabell. El joven le echa un vistazo a sus nuevos compañeros y al ver cómo interactúan entre sí decide hacer el intento de empatizar con ellos.

—A ver... ¿por dónde empiezo?... Ya sé! —Se coloca detrás del resto—. Todo comenzó con Adán y Eva...

—¡Dinos algo sobre ti! —le grita Manuel para luego soltar una pequeña carcajada.

—Ash, esos chicos no tienen cultura. —Vuelve a su lugar y se acomoda—. Me llamo Brayan; tengo diecisiete años, soy hijo único, vivo con mi mamá , y nací en Narnia.

—Me caes bien —le responde Jackson mientras se ríe de lo que dijo su compañero—. Yo me llamo Jackson, tengo diecisiete años y al igual que Alex me gustan los videojuegos.

—Yo soy Ámbar y este de aquí es Javier. Ambos tenemos quince años, nos gustan las películas de terror y de hecho nos conocemos desde que éramos niños. Puede que a primera vista él no se vea como la persona más alegre del mundo, pero tengan por seguro que cuando coja confianza les caerá muy bien.

—¿Y quién es ella? —pregunta Ámbar señalando a una pequeña chica castaña sentada lejos del grupo escuchando música con sus audífonos mientras lee.

AGONIA

—Hablé con ella hace rato. Su nombre es Gabriela, tiene catorce años y pues, es muy agradable hablar con ella, aunque es un poco tímida —le contesta Elizabeth.

Mike no se conformó con lo que le dijo Elizabeth y se ha quedado con ganas de saber más, así que se para de su asiento para ir con Gabriela.

—Hola Gaby —dice Mike mientras toma asiento.

—pausa la música y se quita uno de los audífonos— Oh, hola.

—Cuéntame ¿Qué es lo que te gusta hacer? Ya sabes, por curiosidad.

—Bueno, me gusta dibujar, leer y escuchar música.

—Perfecto... Hey Alex, creo que ella es lo que estabas buscando.

—Uy~ —dicen las chicas al unísono.

—No apresures Mike —le contesta Alex un tanto ruborizado.

Los jóvenes ya se encuentran en un ambiente de confianza y tranquilidad, olvidándose casi por completo de su situación actual. Pero la voz de Misterio interrumpe el momento.

—Hola muchachos, es bueno saber que ya se hicieron amigos... ¿Qué tal si lo celebramos con un nuevo desafío? —aunque suene amigable, está claro que las intenciones detrás de sus palabras son todo lo contrario. Después de todo, siempre le ha gustado crear falsas esperanzas a los demás.

—Van a ir a la sala principal, ahí les voy a mostrar de qué se tratará este nuevo desafío.

Los jóvenes no tienen más remedio que hacerle caso, por lo que ahora se encuentran en la entrada del lugar antes mencionado. Las paredes son de color crema, con un techo blanco del que cuelga un candelabro con bombillas en lugar de velas: Bastante parecido al de la sala de estar. Sin embargo, el ambiente es similar al de un cementerio y el lugar está lleno de muebles de estilo victoriano.

—Hoy quiero que jueguen al escondite, pero como el tradicional es muy... aburrido, jugarán a mi modo.

—Tengo un mal presentimiento —dice Anabelle.

—¡Y que bueno que lo tengas! —contesta alegre—. Verán. Sigue siendo el mismo concepto, solo que quien los buscará no será uno de ustedes, eso sería muy aburrido. Será uno de mis espíritus. Uno de los más sangrientos y aterradores que encontré, y tendrán que llegar a la habitación del otro lado de este lugar. Pero tengan cuidado si los encuentra ~.

—¡Estás loco! —Grita Jackson.

—Gracias por el cumplido —le responde—. ¿Listos? 3... 2... 1... ¡A la carga mis valientes!

Tan pronto como dio la señal las luces comenzaron a parpadear y el fantasma acaba de hacer su aparición. Se trata de una mujer de pelo largo y negro, llevando un vestido blanco antiguo y desgastado, unas cuencas vacías que le otorgan una mirada profunda e inquietante, y la boca abierta de tal forma que la mandíbula pareciera llegar a su cintura, dándole una apariencia aún más espeluznante.

Los jóvenes se escondieron tan rápido como el fantasma apareció. Nicole y Mike decidieron esconderse dentro de un armario y el fantasma casi los vio al intentar salir. Por otro lado, Elizabeth y Gabriela apenas lograron esconderse detrás de uno de los muebles, rogando no

AGONIA

ser descubiertas. Javier y Jackson están debajo de una cama; Taylor y Mike dentro de los gabinetes de un armario; y Ámbar junto con Brayan van a la entrada de la habitación lo más silenciosos posible para ponerse a salvo.

«No pienso morir hoy por un tonto espíritu», pensó Ámbar corriendo sigilosamente hacia la entrada.

El tiempo pasa y afortunadamente, pero con el corazón en la boca, Ámbar, Brayan y Manuel son los primeros en salir de la habitación. Logrando escapar de las garras de aquel espectro.

—Hola muchachos, veo que se divirtieron con su nueva amiga. ¿Quieren volver a visitarla?

—¡No! —Los jóvenes soltaron al unísono.

—Ustedes son tan aburridos. —dice Misterio con total decepción hacia ellos—. Entonces esperen a que sus compañeros lleguen... Si es que lo logran. —Suelta una leve risa.

Ha pasado una hora y todos han logrado salir victoriosos del salón. Sin embargo, la suerte no parece ir con Javier y Jackson quienes siguen atrapados ahí dentro con una seria dificultad para salir gracias a su escondite que los puso en desventaja. Algo que desespera a sus compañeros.

—¡Dense prisa! —grita Gabriela que al igual que sus compañeros está preocupada por ellos.

—Okey, tenemos que dividirnos —le dice Jackson a Javier quienes lograron ingeniárselas para esconderse detrás de un sofá.

—¿No has visto películas de terror? ¡Eso es una terrible idea!

—Pero afortunadamente no estamos en una. —Sin algo para decir, a Javier no le queda más que hacerle caso.

—Me voy a esconder dentro de aquel armario para poder vigilar al fantasma y ver si podemos escapar —le responde Javier.

—De acuerdo.

El fantasma está vigilando todo a su alrededor, frustrada por dejar que la mayoría de sus víctimas hayan escapado. Javier decide ir por detrás de aquellos muebles que se encuentran amontonados, mientras que el resto solo puede mirar con impotencia cómo sus compañeros se juegan la vida.

—Ahora. —Con el silencio casi absoluto del lugar, Jackson logra escuchar a Javier.

Los jóvenes corren siendo lo más sigilosos posible mientras el fantasma se va enfureciendo cada vez más. Este acaba de verlos y se dirige con rapidez hacia ellos mientras suelta un grito bastante aterrador como para ser descrito. Esto los asusta y corren a más no poder intentando no tropezarse con todas las cosas regadas por el salón. Su miedo y desesperación son tan grandes, que podrían sufrir un infarto en cualquier momento. Pero para suerte y alivio de casi todos Javier y Jackson acaban de salir de milagro.

—¡Eso! —El resto de los jóvenes recibe a los chicos con abrazos y golpes amistosos.

—¡Y la próxima vez ve asustar a tu abuela! —le grita Brayan al fantasma y acto seguido el espectro simplemente desaparece ante las miradas de todos, pero las risas de los jóvenes no se hacen esperar. Como queriendo ignorar el hecho.

—Debo admitir que fue un gran trabajo, pero también debo recordarles que mis retos empeorarán cada día. Pueden considerar esto como un acto de bienvenida. Pero no todo será risas y suerte, así que... no digan que no les advertí.

—Joder, esto me dio mucho miedo —dijo Manuel acompañando al resto en las escaleras.

—¿No vas a venir? —Alex le pregunta a Gabriela quien está sentada en uno de los muebles de la sala principal.

—No tengo sueño. Además, pienso terminar de leer este capítulo. —Le enseña el capítulo de un libro virtual acerca de un amor prohibido, a pesar de la poca batería que tiene el dispositivo.

—Bueno, entonces hablamos mañana.

—Descansa Alex.

Dudando sobre su decisión, Alex sube las escaleras en dirección a la habitación donde duerme con los chicos, dejando a Gabriela leyendo sola en la sala principal. Pasan unos minutos y todos se quedan dormidos, y solo se escucha el sonido de la lluvia y un reloj de pared que hay en el lugar. Pero de repente se corta la luz y comienza a escuchar la risa escalofriante de Misterio.

—No, no, no, no, ¡no! —Ella trata de encender la linterna de su celular pero este se acaba de apagar—. ¡Ahora no!

Sin otra opción, Gabriela comienza a usar el tacto para tratar de encontrar las escaleras, pero desafortunadamente se tropieza al encontrarlas lo que la hace caer. Pero afortunadamente estaba comenzando a escalar, evitando lesiones graves. Entonces se levanta y empieza de nuevo.

La risa de Misterio se intensifica, volviéndose cada vez más macabra y siniestra. Gabriela intenta ajustar la visión y mira a su alrededor totalmente asustada.

De repente la risa se detiene y comienza a sentir un ligero aliento en la nuca.

—¡Oh por Dios!. ¡AYU…!

Antes de siquiera darse cuenta, Gabriela sintió un pañuelo húmedo en su rostro que resulta contener cloroformo, lo que acaba de provocarle un desmayo.

Capítulo 3

Un nuevo día ha llegado a la mansión y los jóvenes se encuentran platicando tan tranquilos como pueden en la sala principal; algunos sentados en los muebles y otros en el suelo. Ellos no quieren pensar mucho en lo que pasó anoche, pero entre esas anécdotas y risas acaban de darse cuenta de que algo anda mal.

—Oigan chicos. ¿Alguno sabe dónde está Gabriela? —pregunta Manuel bajando las escaleras muy confundido.

—Ni idea —le contesta Alexander nervioso y totalmente preocupado—. No la veo desde anoche.

—Seguro el reto de ayer la dejó muy cansada y sigue durmiendo —agrega Taylor tratando de calmar la situación.

—No lo creo. —Jackson no es tonto y sabe que esa no es una buena señal. Sobre todo si antes de eso intentaron matarlos.

—Saludos muchachos~ —interrumpe Misterio con un tono casual—. Falta alguien. Mmm... ¿Dónde estará Gabriela?

—Infeliz, ¡¿qué hiciste con ella?! —le grita Alexander.

—Gabriela ahora es parte del juego de hoy y depende de ustedes que salga con vida.

—¡¿Pero qué le pasa a este tipo?! —dice Nicole para sí misma.

—Si les importa su amiguita deben dirigirse al pasillo del tercer piso y seguir hasta encontrar la puerta rota.

Asustados por lo que pueda pasarle a su amiga, los jóvenes no pierden el tiempo y corren al lugar que Misterio les indicó sin quitarse de la cabeza las posibles cosas que con las que puedan encontrarse ahí. Ahora están frente a la puerta y Ámbar la abre, dando paso a un escenario que los deja pasmados.

El lugar donde está Gabriela se encuentra repleto de escombros de cemento, pero por azares del destino no afecta al resto de la mansión. Sin embargo, es lo de menos, ya que Gabriela se encuentra al otro lado atada, amordazada, y totalmente asustada. Ella está muy confundida porque de un momento a otro pasó de estar leyendo en la "comodidad" de la sala a estar amarrada a una silla de madera temiendo por su vida. Alexander no puede evitar sentirse mal y se culpa por haber permitido que esto pasara. Pero va a intentar enmendar su error salvándola.

—¿No es divertido? —dice su captor rebotando una pequeña pelota de caucho contra la pared—. Verán muchachos, es muy fácil: Ustedes tendrán que llegar hasta su amiga, pero con la condición de que solo podrán moverse a través de los escombros, y si no logran rescatarla a tiempo, un enorme bloque de cemento caerá justo sobre su pequeña cabecita.

AGONIA

«Es obvio que este tipo nos quiere ver muertos», pensó Taylor mientras analiza la situación.

—¿Preparados?... ¿listos?... ¡Mueran! —grita con gran emoción.

No hay tiempo para perder y los jóvenes lo tienen más que claro, llegando a moverse con la mayor agilidad posible. Aunque varios tienen dificultades ya que no estaban preparados para este tipo de situaciones. Brayan le pasa por el lado a uno de los escombros que están en el suelo, pero casi es aplastado por uno de los que se encuentran en el techo cayendo de manera constante.

Mientras tanto, Gabriela está llorando y gritando como nunca antes. Ella nunca pensó que su vida llegaría a correr peligro de esta forma. Se arrepiente no de haberse ido con sus compañeros anoche en lugar de quedarse leyendo en la oscuridad. Ahora solo puede ver como el bloque de cemento se balancea encima de ella, esperando el momento en el que sus compañeros fallen para caer y terminar con el espectáculo. Ese temor a ser aplastada es lo que la lleva a realizar varios intentos de escape, todos ellos sin éxito y solo consiguiendo que se ajusten más las cuerdas.

—Esta... es... una de las peores experiencias... de toda mi vida. —Annabelle apenas puede hablar debido al agotamiento y a duras penas sigue corriendo. Para ella, esta es una carrera infinita contra el reloj y solo sigue adelante porque su compañera los necesita.

—Me alegra que te esté gustando. —Lejos de preocuparse por ellos, Misterio mantiene una sonrisa perversa y se ríe mientras goza de ver el sufrimiento de sus nuevas víctimas. Incluso está pensando en nuevos métodos de tortura.

—Tic tac muchachos... —La voz de Misterio ahora se ha vuelto más siniestra—. Tic... tac..

—¡Rápido! ¡Dense prisa! —Jackson es uno de los primeros en llegar e intenta desesperadamente liberarla, pero los amarres son muy fuertes y no le queda de otra más que esperar la ayuda de sus compañeros.

Luego de unos agonizantes minutos, los jóvenes restantes acaban de llegar y juntos intentan liberar a su compañera. Ellos dan su mejor esfuerzo y ya solo les faltan algunas cuerdas, pero de repente el tiempo se ha terminado y se escucha algo muy pesado caer.

El bloque de cemento cayó con gran fuerza, pero para la suerte de Gabriela sus compañeros logran liberarla justo antes de que el bloque sellara su destino. Ellos acaban de salir de ese horrible lugar y ella abraza al primero que ve, que en este caso es Alexander. Gabriela le da un abrazo y se aferra a él mientras sus lágrimas mojan accidentalmente la ropa de su compañero.

—Tranquila, ya pasó. —Alexander le responde el abrazo y limpia las lágrimas de su pálido rostro.

—¡Eso fue muy aburrido! No murió nadie. —Forma una sonrisa siniestra—. Aunque uno de ustedes casi lo hace. Nos vemos mañana muchachos... Descansen.

Los jóvenes están en la sala principal conversando y tratando de entender todo lo que sucedió mientras que algunos están en la cocina atendiendo sus heridas. La de Javier fue la más grave, ya que un gran escombro le hizo un rasguño en su brazo izquierdo, pero por fortuna no es tan profunda como para llegar al hueso, y tampoco

AGONIA

dañó ningún nervio. Taylor le lavó la herida y Manuel le está haciendo un vendaje improvisado con una de las mangas de su chaqueta.

Capítulo 4

Ya amaneció, y como ya es costumbre, los jóvenes se encuentran reunidos en la sala principal. Ellos mantienen una pequeña charla en la que a Manuel se le ocurre una gran idea; él sugiere que deberían hacerse preguntas entre sí, algo para matar el tiempo y distraer su mente en lo que llega la hora del reto de hoy.

—De acuerdo, entonces voy primero —dice Taylor mientras se acomoda—. ¿A alguno de ustedes les gustan las películas de terror?

—A mi no me gustan —le contesta Annabelle—. Me dan pesadillas horribles.

—¿Por qué dices eso? —le responde Alex—. ¡Esas cosas son lo máximo!

—Prefiero las de comedia.

—Bueno, cada quien con sus gustos —responde Gabriela con una sonrisa simpática.

—Estoy de acuerdo con Gaby —agrega Nicole—. Y entonces, ¿Cuáles son sus favoritas chicos?

AGONIA 23

—Para mí, "It" de Stephen King es una de las mejores películas que he visto —le contesta Jackson.

«Aunque sigo pensando que deberíamos enfocarnos en cómo salir de este lugar en vez de hablar de estas cosas», pensó Jackson mientras intentaba no ser tan obvio. Lo último que quiere es perder a las únicas personas que pueden ayudarlo.

—No inventes Jackson, esa película también es mi favorita —responde contento Manuel.

—Aunque, para mí, la secuela deja mucho que desear —agrega Ámbar.

—Confirmo. No pasa nada interesante —dice Elizabeth para luego continuar—: Y ahora, quiero que levanten la mano los que saben cocinar.

Acto seguido todos levantan la mano con total seguridad. Orgullosos de lo poco que saben hacer. Salvo Javier, Ámbar y Brayan quienes se quedan callados y deciden mirar a otro lado para disimular. Salvo Ámbar y Brayan que no tienen problema de admitirlo. Haciendo sentir a mejor a Javier.

—Tengo que confesar que solo se hacer sándwiches —dice Ámbar soltando una carcajada.

—Lo mismo digo, por eso me llaman para hacer la picadera de las fiestas —dice Javier con una sonrisa.

—Si hacer café cuenta cómo cocinar, ¡entonces soy un experto! —declara Brayan apuntando hacia arriba con firmeza.

—Se pasan —dice Gabriela mientras suelta una risa no tan pronunciada.

—Si, con esa edad ya deben de saber algo —dice Michael mientras se ríe.

—Debo, pero no quiero. —Brayan sonríe triunfante.

—Por curiosidad chicas... ¿Alguna de ustedes es otaku? —les pregunta Alexander.

—Bueno... Debo admitir que sí lo soy —le responde Ámbar—. ¿Por qué?

—El forro de tu celular te delató. —Se ríe.

—Oh!, jajajaja

—¿Y qué hay de ti Gaby, eres una Otaku en secreto? —le pregunta Alexander con una sonrisa simpática.

—Que va, ya sabes que prefiero la lectura.

—¡Igual que yo! —le responde con emoción.

—Bueno, aprovechando el momento, quiero decirles que si quieren pueden seguirme en mi canal ya que soy un influencer muy famoso —agrega Javier.

—¿Estás seguro? —le responde Ámbar con claras ganas de molestarlo como toda buena amiga que es—. Recuerda que once suscriptores no te hacen famoso.

—¡Ámbar ya vasta! —le contesta Javier un tanto avergonzado.

—Oblígame.— Su cara de satisfacción lo dice todo. Y aún nadie sabe cómo y porqué, pero ambos se encuentran ahora del otro lado de la sala peleando.

—¡Ya basta Ámbar! ¡Recuerda que está herido! —Michael consigue separarlos con la ayuda de Brayan y Manuel mientras el resto solo se ríe.

AGONIA

—Saludos muchachos, que suerte que sigan con vida para el día cuatro. Así podrán disfrutar del reto de hoy. O quiero decir... Yo lo disfrutaré. —Acto seguido, suelta una carcajada, porque para él una de las cosas más satisfactorias de la vida es ver el mundo arder.

Misterio le dice a los jóvenes que se dirijan a uno de los salones que se encuentra en el prmer piso, cuya puerta es blanca con una perilla dorada. Ellos saben que si quieren vivir tienen que hacer todo lo que él diga, por lo que ahora se encuentran en aquel lugar.

El salón tiene una temática medieval, contando con la iluminación de varias antorchas, las clásicas paredes de ladrillo marrón, y un suelo de mosaicos un tanto particular. Este último detalle debido a que, aparte de tener cierta semejanza con un tablero de ajedrez, algunas divisiones parecen ser más profundas que el resto.

—Seguro ya saben que son los ejercicios de confianza. Pues de eso va el reto de hoy.

—Aún no entiendo ¿A qué te refieres exactamente? —le pregunta Taylor quien está nerviosa de lo que pueda pasar.

—Ustedes formarán parejas. La primera se quedará aquí, y cuando indique el comienzo del reto, los demás tendrán que retirarse. También tengo que mencionar que uno de los dos tendrá que vendarle los ojos a su compañero y dirigirse al otro lado del cuarto para guiarlo, y solo de esa forma no enviarlo a una muerte segura. Y para que no se rompan la cabeza, les diré que los mosaicos blancos son los que están flojos. Tienen suerte de que hoy me levanté de buen humor.

—¿Y por qué no podemos pisar esos mosaicos? —le pregunta Javier quien está ruega mentalmente para que no le toque la venda.

—Es simple: Caen, se topan con mis púas envenenadas, y mueren.

Y no miente, pues aquellos mosaicos cubren un profundo abismo, lleno de unas enormes púas metálicas y afiladas que, si no te mata la caída, lo hará su veneno. Entrar en contacto con él, garantiza una muerte lenta y agonizante, causando alucinaciones, y descomponiendo los órganos internos. No existe ningún antídoto, y son muy pocos los científicos que saben de su existencia.

Luego de hacer el padre nuestro. Los jóvenes terminan de ponerse de acuerdo, dando como resultado las siguientes parejas: Jackson con Ámbar, Michael con Alexander, Gabriela con Brayan, Taylor con Nicole, Manuel con Annabelle, y Elizabeth con Javier.

A Jackson y Ámbar no parece agradarles la idea y quieren terminar lo antes posible, así que se ofrecen como los primeros, por lo que sus compañeros se tienen que retirar.

—Si no sobrevivo, destruye mi teléfono —le dice Jackson a Manuel, dándole un golpe sutil en el brazo para luego entregarle su teléfono antes de que abandone el lugar. A pesar de haberse conocido hace unos días.

—¡Comiencen!

Por desgracia para Jackson, a él le tocó ponerse la venda, pues Ámbar lo convenció diciéndole que era muy mala haciendo las cosas a ciegas y que moriría al dar el primer paso. Jackson comienza el trayecto y todo parece ir bien, aunque por dentro está muy asustado porque no quiere que su compañera se equivoque y le haga dar un paso en falso. Por supuesto, él intenta tenerle algo de confianza, pero sabe que si alguno de los dos se equivoca... será el adiós.

—¡Da un salto a la derecha! —le grita Ámbar desde el otro extremo del lugar.

—¡¿Mi derecha o la tuya?!

—¡La tuya! —le grita Ámbar mientras observa que Jackson logró saltar.

—¡Muy bien! ¡Ahora con cuidado da un paso al frente!

—Esto es una mierda —dice Jackson en un pequeño soliloquio mientras trata de ejecutar lo que le dice su compañera. Aunque el miedo de saber lo que le espera ahí abajo se lo hace difícil. Y Misterio solo busca empeorar las cosas.

—Jackson, Jackson, Jackson, su amiga escuchó. Dio un paso en falso y... se murió. —Suelta su risa macabra.

—¡Cállate idiota! —le responde Jackson, pero a causa de eso pisa un mosaico incorrecto y por poco se cae.

—¡JACKSON! —le grita Ámbar quien mira con desesperación.

—Cuidado Jackson. No te metas conmigo si sabes lo que te conviene.

Luego de casi media hora de puro terror. Jackson finalmente logra llegar hasta donde se encuentra Ámbar. Él se quita la venda y ella lo abraza con una enorme felicidad, porque no sabría qué hacer si él se hubiese caído por su culpa. Pero él parece aliviado más por haber cruzado que por verla. Y no es para menos.

Ahora es el turno de Michael y Alexander. Michael decide que Alexander se coloque la venda, ya que considera que su hermano es más fácil de manipular. Por lo que él se dirige al otro extremo del lugar y lo comienza a guiar.

—¡Más adelante a la izquierda! —Alexander avanza un tanto confundido, pero todo marcha a la perfección.

Ya sólo le quedan tres mosaicos. Pero de repente se escucha una "explosión" repentina que hace que Alexander se distraiga, pise donde no debe y se agarre del suelo, donde se encuentra Michael tratando de ayudarlo a subir.

—Misterio se ríe hasta más no poder— ¡Pero que divertido! Casi se cae ese pobre idiota.

Luego de unos minutos, sus esfuerzos dan frutos y Michael logra subir a Alexander. Este último se quita la venda, le choca esos cinco a su hermano en señal de victoria y salen del lugar. Dejando que los siguientes jóvenes entren mientras que los demás están hablando sobre su experiencia en el reto.

•• <<————≪•° Dos horas después °•≫————>> ••

Gabriela, Brayan, Taylor y Nicole han logrado exitosamente terminar el reto, y sólo faltan Manuel, Annabelle, Elizabeth y Javier. Los siguientes en realizar el desafío son Manuel y Annabelle.

—¿Qué están esperando?, ¡Comiencen!. Ya quiero verlos caer.

Los jóvenes no pierden el tiempo y escogen cuál de los dos se pondrá la venda, quien resultó ser Annabelle. Y aunque comenzó un poco mal, ahora está demostrando un buen desempeño porque sabe que está en buenas manos.

—Vas muy bien ¡Ahora tienes que saltar!

Annabelle salta de un mosaico a otro gracias a Manuel, quien no solo tiene el privilegio de ver los colores de los mosaicos sueltos, si no

AGONIA

que gracias a los jóvenes anteriores también puede ver los huecos de los mosaicos faltantes donde se dirige Annabelle.

—¡Delante tuyo faltan tres mosaicos! ¡Salta lo más alto que puedas! ¡Solo así podrás llegar hasta acá! —Annabelle le hace caso y salta lo más alto posible, logrando llegar al lugar donde está Manuel.

—¡Lo logramos! —Ambos salen del lugar y saludan a sus amigos mientras que Elizabeth y Javier entran.

—¿Quedan ustedes? —pregunta Misterio—. ¡Genial!

—Tu te pones la venda y yo te guío —dice Elizabeth

—Muy bien, hagamos esto rápido.

Elizabeth guía cuidadosamente a Javier lo mejor que puede y Javier va de un lado a otro muerto de miedo, ya que la sensación de no saber si vas a tu final o a tu salvación es horrible. Aunque no tanto como la idea de no haber hecho esto con su amiga quien hizo pareja con Jackson. Estos pensamientos solo hacen más difícil su situación por lo que está tratando de enfocarse mejor en lo que realmente importa en este momento.

•• <<————≪•° Media hora después °•≫————>> ••

—Delante tuyo hay un agujero donde deberían ir como tres mosaicos. Rodéalos y estarás a salvo.

—¿Por dónde voy?

—Ven por la izquierda.

Javier rodea cuidadosamente el agujero y logra llegar a Elizabeth. Esta le quita la venda y juntos salen del lugar celebrando lo ocurrido con sus compañeros.

—Buen trabajo muchachos. Aunque no se confíen del todo, porque no saben con qué reto se enfrentarán...

Capítulo 5

Nuevamente los rayos del sol apenas se hacen presentes en la mansión, indicando la llegada de un nuevo día para los jóvenes quienes se encuentran dando su opinión en la sala principal acerca de su experiencia durante el reto de ayer. A pesar de no haber sido tan aterrador como los anteriores, de todas formas le ha dejado una marca a algunos. Después de todo, la astucia iba por encima del miedo. Algunos lo vieron como algo muy desafiante y otros solo quieren sacar ese horrible recuerdo de su mente.

—El reto de ayer estuvo intenso, ¿eh? —dice Jackson observando a sus compañeros desde uno de los muebles.

—Si, en especial para los que teníamos la venda puesta. —Manuel le contesta con una sonrisa para transmitir un ambiente de calma y así lograr que sus compañeros no sigan tan preocupados por lo que pasó ayer. En su mente, no puede quitarse la idea de que debe protegerlos, ser la persona que los guíe sanos y salvos a la libertad. Pues nunca ha tenido la oportunidad de hacerlo.

—Estoy de acuerdo, no me gustó para nada —contesta Alexander quien sigue desconcertado.

—Y lo peor es que no sabemos lo que Misterio tiene preparado para hoy —agrega Elizabeth al lado suyo.

—¿Me llamaron?...

—Escucha Misterio, ¿puedo hacerte una pregunta? —Taylor se queda mirando a su alrededor esperando su respuesta. Ella conserva su carácter a pesar del profundo temor que le tiene a su secuestrador.

—Me parece que ya la hiciste. —le contesta Misterio para luego soltar una risa sutil. Claramente interesado en lo que pueda preguntar la joven.

«Se cree muy gracioso», pensó Taylor, mientras se guardaba las ganas de decírselo en voz alta.

—Me estaba preguntando, ¿por qué nos trajiste en primer lugar?

—Eso no es algo que ustedes necesiten saber en este momento, así que no veo la necesidad de responder a tu pregunta.

—¡Al menos quiero que nos digas si estás aquí!

Taylor cree que sí Misterio se encuentra cerca, podrían idear un plan para enfrentarse a él y salir sin tener que volver a poner su vida en peligro. Pero lo que Taylor no sabe, es que Misterio siempre va uno o hasta dos pasos delante de cualquiera y tiene las medidas necesarias ante cualquier intento hostil. El juego está arreglado, pero nunca estará a su favor...

—Vamos con el reto de hoy. Pero esta vez volverán a donde hicieron el de ayer

AGONIA

Como ya es costumbre, los jóvenes no tienen otra opción, por lo que deciden hacerle caso y dirigirse al lugar antes mencionado. Pero aún así no pasan por alto lo último, y no pueden evitar sentir curiosidad. Después de todo, es el miedo normal hacia lo desconocido lo que los tiene así.

—Esto es muy raro —dice Brayan caminando junto con el resto de sus compañeros.

—Tienes razón. —agrega Ámbar—. En todo el tiempo que estuvimos aquí encerrados, nunca hemos ido al mismo sitio dos veces.

Los jóvenes acaban de llegar y se encuentran en la entrada. Pero no tardan mucho en darse cuenta de que algunas cosas han cambiado drásticamente. Ahora, en lugar de un suelo que les impedía caer a su perdición, se encuentran plataformas. También hay superficies de agarre en las paredes. Sin embargo, las púas que los amenazaban con quitarles la vida aún siguen ahí abajo.

—Como pueden ver, no miento al decirles que mis retos irán de mal en peor. No me pareció suficiente lo de ayer así que ahora todos... están en peligro. —Haciendo una pausa y con una sonrisa de par en par continuó—: Para el reto del día de hoy tendrán que hacer parkour hasta llegar al otro lado. Espero que hayan tomado lecciones antes de venir.

—¿Acaso nos ves cara de deportistas? —le pregunta Elizabeth a Misterio, preocupada por lo que se ven obligados a hacer.

—Yo los veo más bien como mis conejillos de India. Y siendo ese el caso... lo mejor será que comiencen.

El reto da inicio y Elizabeth, Javier y Nicole van más adelantados que el resto, impulsados por el miedo a caer. Por supuesto, por más veloces que parezcan o sean, lo importante es intentar no perder el equilibrio. Pues no se trata de ser el más veloz, sino de ser el más ágil. Pero hay lugares en los que no hay plataformas, por lo que no tienen otra opción que ir por las paredes a como dé lugar. Una jugada que casi le cuesta la vida a muchos.

Los que han tenido la suerte de mantenerse en las plataformas son: Javier, Jackson, Taylor, Annabelle, y Gabriela, los demás están yendo por las paredes. Claro, la mayoría de ellos tienen dificultades para seguir con el reto. Y Alexander no es la excepción ya que por desgracia, no saltó donde debería, causando que ahora se encuentre aferrado a una de las plataformas casi al borde de caerse.

Por supuesto, esto no es suficiente para Misterio. Quien piensa que ahora es que las cosas se pondrán interesantes.

—Mmm... ¿Qué tal si lo hacemos más divertido? —Misterio, al terminar de decir eso, hace que todo el lugar comience a temblar y a sacudirse. Complicando la situación a los pobres jóvenes que apenas pudieron con la primera parte de este juego macabro.

Los jóvenes intentan aferrarse tanto como pueden, pero Alexander, quien estaba aferrándose al borde de una de las plataformas, ya está agotado y está a nada de caerse a causa del movimiento repentino. Cerró los ojos, sus brazos cedieron y...

Afortunadamente acaba de ser salvado por Brayan quien justamente estaba a punto de saltar a esa plataforma.

AGONIA   35

—Alexander da un suspiro de alivio— No sabes cuanto te lo agradezco, amigo.

—No hay de que, sabes que siempre puedes contar conmigo. —Brayan le guiña el ojo y ambos recuperan el ritmo para salir de aquel lugar.

Ha pasado media hora y los jóvenes están casi llegando al otro lado, pero para Misterio, esto no es suficiente. Le pareció demasiado fácil y tiene un último truco bajo la manga.

—¡Cambio de lugar! —Tal vez eso se escuche como algo insignificante, pero en realidad es algo que los jóvenes quisieran que no hubiese dicho.

—Así como lo escucharon. Los que están en las paredes ahora tienen que arreglárselas para ir de nuevo por las plataformas y viceversa.

—Dime que estás jugando. —Manuel está deseando que sea lo que está diciendo.

—No, esto es completamente real. Así que si sabes rezar, te recomiendo que empieces.

•• <<————≪•° Media hora más tarde °•≫————>> ••

Entre gritos y lágrimas de parte de algunos jóvenes a causa del miedo infligido por la situación en la que se encuentran. Los jóvenes están casi acabando con el reto de hoy y algunos ya lo han conseguido. Pero una de las chicas está al borde de rendirse, y no es nadie más que Annabelle.

—¡Ya no puedo más, tengo miedo! —En medio del caos, la desesperación y la ansiedad de Annabelle le ganan y ahora se encuentra llorando de rodillas sobre una de las plataformas. Pidiendo que por favor se termine esto. Michael estaba a punto de terminar, pero ahora que está viendo como su compañera está sufriendo, decide arriesgarse y volver.

—Mike se posiciona con cuidado a su lado— ¿Qué es mejor para ti? ¿vivir y tener la posibilidad de ver a tu familia o morir sabiendo lo que dejaste atrás?

—¡Vivir! Extraño a mi mamá. —le responde entre lágrimas.

—Bueno. Entonces, si queremos vivir, tenemos que sobrevivir a este reto y salir como campeones, ¿no crees? —Michael le extiende su mano a Annabelle, ésta la agarra y juntos logran llegar a salvo al otro lado.

Ha pasado media hora y el resto de los jóvenes logran terminar con su tortura. Para algunos fue algo horrible, pero para otros fue algo simplemente inolvidable.

—No saben como me encanta verlos así. Nos vemos mañana para su siguiente reto. —antes de irse, Misterio se despide con aquella risa que les recuerda lo débiles y vulnerables que son.

Capítulo 6

¿Sigue durmiendo? —Taylor le susurra a sus compañeros esbozando una sonrisa en sus labios a medida que se va acercando a la puerta.

—Sí. Hagamos esto rápido —le responde Javier mostrándose un poco tenso, teniendo en cuenta el lugar en el que están.

Los jóvenes se dirigen con cuidado a la habitación donde duermen los chicos y se van acercando poco a poco. Elizabeth se adelanta hasta la entrada y está abriendo lentamente la puerta. Ellos acaban de entrar y se posicionan al lado de la cama donde se encuentra Manuel durmiendo.

—¡Sorpresa! —gritaron con mucho entusiasmo. Aunque fue tan repentino que Manuel se acaba de caer de la cama y levanta su mirada para ver que solo se trata de sus compañeros.

—Feliz cumpleaños amigo. —Jackson lo ayuda a levantarse.

—Gracias chicos, nada en el mundo podrá arruinar este momento.

—¡Feliz funeral! —Misterio se ríe a pesar de que a los demás no les hace gracia.

—Creo que me equivoqué —dice Manuel en voz baja—. ¿Y tú cómo sabes que hoy es mi cumpleaños?

—Querido, yo sé todo sobre ustedes —le contesta Misterio—. Por ejemplo: Sé que estudiaste en tres escuelas diferentes, vives con tu abuela desde los siete años junto con tu tío porque mataron a tus padres en un ataque terrorista. Quieres terminar tus estudios para ser médico, y tuviste alrededor de seis mascotas que eran dos perros, tres gatos, y un hámster. Todos ellos con los nombres de tus personajes favoritos de una serie que nadie recuerda y que, personalmente, me pareció algo muy estúpido.

—¡Eso es acoso! —grita Ámbar asustada.

—Isi is acosi —repite Misterio con su mano simulando un títere para luego añadir—: Como si las redes sociales hicieran una maravilla. Mejor sigamos con lo que importa. Manuel, te tengo una sorpresa que tiene que ver con lo que harán hoy. Pero para esto, necesito que vayas con tus amigos hacia la puerta roja. —Tal y como lo acaba de decir Misterio, ellos se dirigen al lugar de la puerta roja. Llegan, abren la puerta y se quedan perplejos.

—No. Puede. Ser —dice Gabriela también impactada.

En el día de hoy los jóvenes se encuentran en un cuarto enorme que cuenta con varias minas marinas de uso naval que son utilizadas contra buques de guerra o submarinos de fuerzas enemigas. Algunas se balancean de un lado a otro mientras que las otras simplemente están colgando. Y para la ocasión, Misterio las mandó a envolver como si de regalos se tratasen.

AGONIA

«¿Cómo un criminal tan peligroso como él logró conseguir armamento militar?», se preguntaron mirándose los unos a los otros. Pero solo se puede decir que Misterio tiene sus métodos.

—¿Te gusta?... Seguro que sí —dijo Misterio para, ahora sí, referirse al grupo completo, cambiando el tono de su voz por uno más autoritario—: Como saben, tienen que llegar a la zona segura que está situada al otro lado del lugar. Supongo que no será ningún problema para ustedes, teniendo en cuenta cuánto han durado hasta ahora. Por ende, pueden comenzar.

Los jóvenes tienen que usar su poca experiencia para pasar este reto. Lo primero que se les vino a la cabeza fue ir por abajo, pero el espacio entre el suelo y las bombas es demasiado estrecho, por lo que sería muy arriesgado si quiera intentarlo.

—Siendo sincero... —Esquiva una de las bombas—: Este es el cumpleaños más extremo que he tenido.

—Alguien que le de un premio a este muchacho por su optimismo —dice Misterio—. Con esa actitud, creo que no serás el primero en morir.

Javier rodea, Elizabeth esquiva y así va el resto. El pánico está presente en el lugar, pero parecen estar entendiendo. Sin embargo, no todo parece ir bien para algunos.

—¡Cuidado!

—¿Eh?

Alexander se dio cuenta de que Gabriela está a punto de chocar con una de las bombas. Pero Gabriela está tan enfocada en lo que viene adelante que no le presta atención a lo que viene a su derecha.

Alexander intenta ir tan rápido como puede para quitarla de ahí sin importarle su propia vida. Lo logra y ambos siguen corriendo hacia la zona segura.

—Gracias Alex. —Gabriela le agradece con una enorme felicidad. A lo que Alex solo puede responder con un grato suspiro de alivio.

—No hay de que. Ahora pongámosle fin a esta cosa.

Luego de un largo tiempo; Alexander, Gabriela, Manuel, Javier y Annabelle acaban de llegar sanos y salvos al otro lado, donde ponen fin a sus sufrimiento y a su desesperación, pero siguen preocupados por el resto de sus compañeros los cuales aún siguen realizando el reto.

Los jóvenes están enfocados en su situación, pero no tienen idea de que sus familias nunca dejaron de buscarlos. El caso de estos jóvenes está causando polémica en todo el país. Muchos creen que están muertos y que esto se trata de un asesino en serie. Si tan sólo supieran la verdad.

•• <<————«•°En el noticiero°•»————>> ••

—Mientras tanto, las autoridades siguen con la búsqueda de estos doce adolescentes. —Aparece una ventana al lado de ella donde se muestran las fotos de cada uno—. Ha pasado casi una semana desde su desaparición y aún no hay rastro de ellos. La falta de testigos y de pistas hacen que la policía local y los familiares de las víctimas pierdan cada vez más la esperanza de encontrarlos con vida. Si tiene alguna información del secuestrador o sabe algo del paradero de estos jóvenes, por favor, comuníquese con las autoridades o contacte los números que están en pantalla.

—Cualquier cosa es útil. Por favor, ayúdennos a encontrar a nuestros hijos —suplicó la madre de Ámbar al borde del llanto.

Misterio apaga la televisión y, con una sonrisa de satisfacción, dirige su vista hacia el monitor. Luego de casi dos horas, los jóvenes ya lograron terminar el reto. Ellos están exhaustos pero al mismo tiempo están agradecidos de haber salido con vida una vez más.

—¡Ese tipo está demente! —Ámbar está tratando de recuperar el aliento.

—Ni me lo digas. —Nicole está igual de cansada.

—Puede ser que esté loco, pero al menos no soy yo quien está corriendo peligro a diario...

Preocupados y exhaustos. Los jóvenes se dirigen a la cocina con la esperanza de encontrar algo de comer. Pero Manuel acaba de llevarse una gran sorpresa al encontrar un pequeño cupcake de Red Velvet encima del viejo mostrador, decorado con una pequeña vela de cumpleaños encendida. Un acto que sin dudas sorprendió al grupo, pero que conmovió a Manuel.

Capítulo 7

Llegó un nuevo día a la mansión y como siempre, los jóvenes se encuentran esperando al nuevo reto en la sala principal. A pesar de ello, las chicas deciden juntarse y jugar verdad o reto para no aburrirse. A excepción de Annabelle, pues sigue con el mismo miedo que tuvo desde un principio y esto le hace difícil concentrarse en otras cosas como simplemente dejarse llevar.

—Okey Taylor, te toca —dice Elizabeth—. ¿Qué eliges, verdad o reto?

—Hummm... Creo que voy a elegir la verdad. Ya no quiero saber de retos.

—¿Cuál es la mayor locura que has hecho por dinero? —le pregunta Annabelle.

—Mmm... déjame pensar.... Una vez me comí una mariposa por 50 pesos.

—¡Asco! —Todas las chicas empiezan a reír

Por otro lado, Brayan está hablando con Manuel respecto a lo que pasó ayer.

AGONIA   43

—Oye, no sabía que a ti también te gustaba la medicina —dijo Brayan.

—Si, es una de las formas más increíbles de ayudar a alguien. Aunque la química se me da fatal.

—Yo puedo ayudarte con eso. No veo la hora de que salgamos de aquí para enseñarte.

—Por cierto, lamento lo que le pasó a tus padres. Fuiste muy afortunado al no estar con ellos.

—¡Jackson! —susurró Brayan mirándolo con descaro.

—Supongo que sí. Aunque igual me hubiese gustado estar ahí con ellos. Pero como siempre dice mi abuela: "Todo pasa por..."

—¡Ahoy, muchachos!

—Tengo un mal presentimiento —dice Gabriela. dando un suspiro.

—Hoy quiero que se dirijan a la sala que tiene la puerta marrón.

—¡Sí mi capitán! —Alexander le sigue el juego y se ríe. Pero en realidad, siente miedo ya que todos saben que cuando Misterio aparece nunca es una buena señal.

Los jóvenes llegan al lugar y ven que todo está oscuro, lo que hace que el miedo se intensifique. Pues no saben qué cosa los podría estar acechando ahí adentro. Cualquier cosa es posible estando en este sitio.

—Hoy quiero que jueguen quemados, pero esta vez lo harán a mi manera. Y como me encantan las armas pero a la vez soy un hombre moderno, no jugarán con esas pelotas convencionales. Si no que jugarán con... —Las luces se encienden—. ¡Cañones automáticos!

—Ya veo que no voy a sobrevivir más de un mes aquí —dice Annabelle al ver las armas. A lo que Ámbar asiente.

—Ustedes tienen que esquivar las balas de estos cañones y llegar al otro lado, donde van a encontrar varios cofres que contienen las indicaciones para desactivar estas máquinas. Pero las instrucciones no son lo único que tienen adentro. —Misterio suelta una risa leve pero lo suficientemente siniestra como para causar inquietud al grupo.

—¡A la carga, Marineros de agua dulce! —agrega Misterio con voz de pirata marcando el comienzo del reto.

Impulsados por la curiosidad de saber que hay dentro de las cajas. Los jóvenes comienzan a correr con cierto grado de confianza: Puesto que no es el primer reto en el que tienen que esquivar para llegar a su objetivo, así que se puede decir que ya tienen algo de experiencia en este tipo de retos. Aunque la presión que ejerce esto es mayor, ya que las balas de los cañones van a una velocidad bastante alta.

Mientras tanto en la estación de policía, el caso avanza dando un paso a la vez. Para este caso decidieron contactar a uno de los mejores detectives de la agencia: Pese a su poco tiempo en el negocio, ha demostrado ser capaz de resolver incluso casos archivados de más de cinco años. Todo esto junto con el oficial Fernández; un auténtico veterano y mano derecha del detective.

—Hummm... —El detective está leyendo la poca información que tiene acerca de la desaparición de los jóvenes.

—¿Ha encontrado algo? —le pregunta el oficial Fernández al detective entrando a su despacho.

—De hecho si, mire. —El detective abre todos los folders con la información en dirección al oficial para mostrar su descubrimiento.

—Según los reportes: Todos los jóvenes desaparecieron en la misma zona, el mismo día, y con sólo unos pocos minutos de diferencia, lo que significa que, sin duda alguna, es obra de ese tal Misterio.

—Sí pero, aunque fuese algo planeado. Incluso tratándose de Misterio, ¿no crees que es imposible que un solo individuo sea capaz de secuestrar a tanta gente en tan poco tiempo?

—Eso es lo que aún sigo investigando, pues me dijeron que este tipo suele recurrir a ciertos contactos. Pero de todos modos solicite los expedientes de todos los asesinos en serie que tiene esta ciudad. Y revise los archivos de los casos que se dieron desde que apareció Misterio. También quiero que revisen las declaraciones de los familiares y amigos cercanos.

—De acuerdo —suspira—. Ojalá esos chicos sigan con vida.

•• <<⸺≪•° En la mansión °•≫⸺>> ••

Los jóvenes están esforzándose al máximo para llegar a salvo al otro lado del lugar donde están situados los cofres que contienen lo que necesitan para frenar los cañones.

A los jóvenes se les hace difícil esquivar las balas, pero Ámbar y Jackson las esquivan con mucha agilidad y logran llegar hasta el lugar donde se encuentran los cofres. Sin perder el tiempo se colocan frente a dos de ellos y tratan de juntar el valor para abrirlos, solo para llevarse una terrible sorpresa.

—Son, s-son... —dice Ámbar tartamudeando por lo que está observando.

—¡Estas cosas tienen restos de animales! —Exclama Jackson igual de sorprendido—. ¿Soy yo o en tu cofre está la cabeza de un ciervo? —le pregunta Jackson a su compañera señalando su cofre, causando que el miedo de Ámbar se intensifique y la haga gritar.

—Sorpresa... —Misterio se deleita al ver las caras de los primeros desafortunados y no puede evitar soltar una profunda y macabra carcajada.

Los jóvenes tratan de ignorar el contenido y buscan las instrucciones que necesitan para desactivar por lo menos dos de los cañones y ayudar a sus compañeros. Pasan las horas y con dificultad Elizabeth, Manuel, Annabelle y Javier logran unirse a la búsqueda. El olor de los restos no es muy agradable, por lo que la mayoría tienen ganas de abandonar el reto y vomitar.

—Siempre quise saber cómo se sentía sostener esto —dice Javier sosteniendo el estómago de un conejo—. Está tibio.

—Este chico me agrada —añade Misterio con una sonrisa de satisfacción para luego dirigir su mirada para ver como los demás se las arreglan para buscar en los cofres.

Algunos todavía se encuentran esquivando las balas tan rápido como pueden. Ellos se deslizan y se mueven de todas las maneras posibles. Entre ellos Nicole que hace lo que puede con la poca energía que le queda.

—¡Ya apaguen estas cosas de una buena vez! —Exclama Alexander quien es uno de los que siguen corriendo.

—¡Ya terminamos! —responde Elizabeth.

AGONIA

—¡¿Y entonces por qué aún queda un cañón disparándonos?! —exclama Taylor.

Los jóvenes se miran entre sí y ven que Annabelle es la única que no ha desactivado el cañón correspondiente a su cofre. Ni siquiera ha tocado lo que tiene dentro, por lo que todos la miran con enojo.

—Pobres criaturitas... —dice Annabelle mirando con lástima los restos de aquellos animales, pese a escuchar el ruido de los cañones— No quiero tocar esto, no puedo.

—Permiso —le dice Manuel intentando ser amable y moviéndola para encontrar las instrucciones. Él las encuentra al fondo y logra desactivar el cañón.

—¡Lo logramos chicos! —dice Gabriela con una enorme felicidad.

—Pero no gracias a esta llorona. —Jackson mira a Annabelle con enojo y luego sale del lugar en dirección a la recámara que comparte con sus compañeros. Javier siguió a Jackson con la mirada, una mirada que sorprendió a Ámbar.

—¿Pero qué le pasa? —pregunta Alexander mirando a sus compañeros.

Capítulo 8

Son las doce y cuarenta y cinco del medio día y los jóvenes se encuentran platicando en la sala de estar. Algunos están sentados en los muebles, mientras los demás están ubicados en el suelo. Pero algunos están dispuestos a aclarar lo que pasó ayer al finalizar el reto.

—Oye Jackson, ¿qué te pasa? —le pregunta Brayan a Jackson que se encuentra sentado al lado suyo con su teléfono.

—¿De qué estás hablando? —le responde posponiendo lo que estaba haciendo para prestarle atención a lo que le está diciendo su compañero.

—Queremos saber porque ayer fuiste malo con Annabelle.

—Porque si fuese por ella, ustedes estarían muertos —le responde Jackson comenzando a molestarse—. Además, este lugar no es para gente miedosa como ella.

—Okey... Pero de todos modos tienes que disculparte con ella —añade Alexander desde el otro mueble, haciéndole una breve pausa a su plática con Gabriela.

AGONIA

49

—¡Tch! ¿Y por qué lo haría? —le pregunta Jackson a los demás con una sonrisa sutil. Ya cansado de sus tonterías, Javier vino, se puso delante de él y lo acaba de tomar de la camisa poniéndolo contra la pared.

—Porque si no lo haces yo mismo acabaré contigo antes de que Misterio lo haga —le dice Javier amenazante.

—Por favor Javier, suéltalo. —Ámbar trata de convencer a Javier para que pare este espectáculo.

Al escuchar la voz de Ámbar, Jackson parece entrar en razón y bajarle dos rayas a su intensidad.

Javier también toma en cuenta lo que le dijo Ámbar y decide soltar a Jackson, quien claramente estaba intimidado, aunque no lo demuestre por fuera, debido a que Javier casi le dobla el tamaño y le gana en fuerza. Jackson se arregla la camisa y haciéndole caso a las advertencias de su compañero se dirige al mueble donde se encuentra Annabelle conversando con sus hermanas Taylor y Nicole.

—Oye, Annabelle —Voltea a ver a sus compañeros y suspira para continuar—: Lo siento.

Antes de que Annabelle pudiese siquiera reaccionar ante lo que le acaba de decirle Jackson, la luz se va y de un momento a otro aparecieron en otro lugar. Pese a la poca luz, pudieron distinguir que cada uno se encuentra frente a un podio con los pies encadenados junto con una especie de tobillera; similar a las que se usa en la gente que está bajo arresto domiciliario, y una de las manos amarrada al podio. En medio de la confusión acaba de regresar la energía, dejándolos ver que están en un lugar con un aspecto escalofriante junto con una neblina siniestra. Los jóvenes están divididos en dos grupos conformados por tres chicas y tres chicos por grupo.

—¡Sean bienvenidos a la trivia de los creepypastas! Les habla su anfitrión Misterio.

—Dios mío, esto tiene que ser un sueño —dice Nicole mirando a sus compañeros.

—¡¿Qué rayos es un Creepypasta?! —La sola idea de que debe depender de algo totalmente desconocido para salir de esta situación pone a Michael nervioso.

—Esto va a ser muy fácil. Yo les haré a cada grupo una serie de preguntas acerca de algunos de los creepypastas más famosos, algo que a muchos adolescentes como ustedes les llama la atención. Así que supongo que no tendrán ningún problema. Sin embargo, si responden mal recibirán una descarga eléctrica. —Al escuchar esto los jóvenes quedan atónitos, puesto que algunos no tienen mucho conocimiento del tema—. Pero descuiden... Ajusté los voltios para que los electrocute hasta diez veces antes de que mueran.

—Esto no va a ser nada divertido —agrega Elizabeth mirando hacia abajo, directo al dispositivo encargado de castigarla si se equivoca.

—Lo será para mí. Ahora, ¡que comience la trivia eléctrica!

—¡Estás demente! —exclama Taylor asustada.

—Y por ese comentario voy a empezar contigo. —En este momento, Taylor quisiera no haber abierto la boca, pero ya es muy tarde—. ¿Cómo se llama el hermano de Jeff The Killer?

AGONIA   51

—Emmm... se llama... ¿Thomas? —Taylor no está segura de si lo que dijo es verdad o mentira, pues no tiene ni la menor idea de quién sea ese personaje.

—Siento que ni siquiera lo intentaste. —Taylor acaba de recibir una descarga haciendo un pequeño salto—. Ahora es el turno de... veamos... ¡El imbécil! Digo, Alex.

—Muy gracioso —dice Alexander en voz baja.

—¿A qué se dedicaba Eyeless Jack?

—Esta por suerte es fácil —le susurra Alexander a sus compañeros—. Él era un soldado perteneciente a la segunda guerra mundial.

—Veo que por fin uno de ustedes contesta bien. Ahora veremos si Gabriela tiene la misma suerte. —Acto seguido Misterio suelta una risa leve acompañada de una sonrisa siniestra—. ¿Cuál es la vestimenta característica de Bloody Painter?

«Ese es mi creepypasta favorito», pensó Gabriela con entusiasmo.

—Él lleva puesta una máscara blanca con unos ojos negros acompañada con una sonrisa dibujada con sangre. También viste un saco color azul oscuro con el broche de una carita feliz de color amarillo, lleva unos guantes negros y un pantalón del mismo color. Y algo que lo caracteriza es el hecho de que siempre dibuja una carita feliz en la escena del crimen utilizando la sangre de sus víctimas.

Todos los jóvenes se le quedan mirando a Gabriela impactados por su respuesta tan precisa. Incluso Misterio se encuentra viendo sorprendido la pantalla desde donde observa a los jóvenes. Gabriela no sabe cómo reaccionar ante este acontecimiento, por lo que decide quedarse callada y mirar hacia abajo avergonzada.

—Bueno, veo que tenemos varios expertos en el tema. Vamos a continuar para ver a quién le tocará su dosis eléctrica.

•• <<———————≪•° Dos horas después °•≫———————>> ••

—Última ronda muchachos. Es el turno de Manuel, pero tranquilo porque esta te la pondré muy fácil y si no la sabes no es mi problema.

—Eso último me hace dudar —dice Manuel en su cabeza mientras espera esa pregunta supuestamente fácil.

—Quiero que me digas donde vive Slenderman. —Aunque para algunos este dato sea algo sencillo de saber, Manuel no sabe de quién está hablando y Jackson, al ver a su compañero en apuros, decide ayudarlo.

—¡Él vive en el bosque! —Aunque la respuesta de Jackson fue correcta, ambos acaban de recibir una descarga.

—Pero él contestó bien —reclama Alexander mirando al techo y luego voltea a ver a sus compañeros.

—Lo sé. Pero Manuel era quien debía responder, y eso significa que no están cumpliendo con mis reglas —le responde Misterio con un tono severo.

—Y si siguen retándome y tentando su suerte... —Todo alrededor de los jóvenes comienza a sacudirse y las luces están parpadeando sin control, lo que hace que algunos de ellos quieran salir corriendo de no ser por las cadenas que llevan en los tobillos. Y si fuera poco, la voz de

AGONIA

Misterio pasó a ser una totalmente espeluznante y amenazadora—. Créanme que lo van a lamentar.

—Espero que esto no se vuelva a repetir. —Todo vuelve a la normalidad—. Sigamos.

Entre preguntas y choques eléctricos los jóvenes sobreviven de milagro. Este reto demandó mucha energía y costo injusto, pues casi todos salieron de ahí con quemaduras por los choques. Dado lo que sucedió su rencor hacia Misterio se hizo cada vez mayor, pero se encuentran demasiado cansados así que decidieron ir a descansar en cuanto terminen de comer lo que aparenta ser su cena.

Capítulo 9

Ha llegado un nuevo día a la mansión y los jóvenes se encuentran en la sala de estar como de costumbre. Y entre charlas, a Manuel se le pasa por la mente una duda que no había hecho ninguno de sus compañeros. Por lo que, después de buscarle una solución por cuenta propia sin éxito, decide preguntarle al grupo.

-Oigan chicos, ¿Cuáles creen que sean las verdaderas intenciones de Misterio?

-No se que o quien sea, pero es obvio que no tiene buenas intenciones -le acaba de responder Javier quien recién entra en la conversación.

-Lo único que sé es que ya no quiero pasar otro día aquí. Este sitio me pone cada vez más nerviosa. -Annabelle se encuentra sentada en el suelo tomada de sus piernas-. Tengo mucho miedo, ¿Qué pasa si no vuelvo a ver a mi familia?

-Tienes que relajarte y tratar de ser más positiva. -Manuel pone su mano en el hombro de Annabelle-. Pudiste sobrevivir hasta el día de hoy, por lo que no creo que vayas a morir pronto.

AGONIA 55

-O... ve a que te maten y así terminas con tu sufrimiento. -agrega Jackson desde la cocina tratando de encontrar algo para comer. Y al escuchar esto, Annabelle se pone a pensar.

-No ayudas, Jackson -le contesta Nicole, quien al mismo tiempo se entretiene con el cabello de Taylor, puesto que, desde que se descargaron sus teléfonos, no los volvieron a ver.

-Lo sé -responde Jackson con una sonrisa sutil.

Mientras tanto. Gabriela se encuentra conversando con Alexander sobre algunas ideas que tiene en mente. Algo para distraerse y no pensar tanto en esta situación. Y por supuesto, Alexander nunca se negaría a pasar un rato con ella, aunque fuese algo breve.

-Oye... Estaba pensando que tal vez podría hacer un nuevo libro cuando salgamos de este lugar, quizás hablando de nuestra experiencia estando a merced de este loco -le comenta Gabriela a Alexander.

-¡Es una muy buena idea!

-Sí, pero ¿qué tal si resulta ser un fracaso? Digo, a la gente le costaría creer en todo esto y hasta me podrían tachar de loca. -Gabriela baja ligeramente su cabeza-. No creo estar lista para las malas críticas.

-¿Te digo algo? No tienes que hacerle caso a esas personas -dice Alexander, levantando la barbilla de su compañera-. No voy a mentirte, eso pasará. Pero no por ello debes callarte y ocultar tu talento.

-Muchas gracias Alex, ¡eres un gran amigo! -Acto seguido, Gabriela le da un abrazo y se va contenta a decirle a los demás su idea.

-Si, un gran amigo...

•• <<————«•° Mientras tanto °•»————>> ••

-Muy bien, todo parece ir perfecto -Examina el lugar-. Pero recuerden, ni una sola palabra...

-Sí, señor -respondió una voz temblorosa.

-Pues ¿Qué estamos esperando? -Misterio suelta una carcajada para luego desaparecer frente a los ojos de todos los presentes, dejándolos atónitos.

-¡Saludos, aberraciones de la creación! -saluda alegremente Misterio.

-Aún no entiendo cómo es que pasamos de estar sentados en la sala a estar aquí parados en la entrada de un lugar a oscuras -comenta Elizabeth en voz baja.

-Seguramente se estén preguntando, ¿De qué va el reto de hoy? Pues les tengo que decir que esto será algo muy divertido... para mí -susurra misterio-. Dentro de este lugar se encuentran unos sujetos que no dudarán en matarlos cuando los tengan cerca. Su trabajo es cruzar hasta aquella puerta mientras evitan ser asesinados por sus nuevos amigos.

-Y como hoy me siento generoso, a su lado encontrarán exactamente doce pistolas recién cargadas.

-De lujo -comenta Michael sosteniendo una de las armas antes mencionadas.

-Formen dos grupos, elijan el primero, ¡y que comience la masacre!

Luego de discutirlo por unos minutos, los jóvenes se pusieron de acuerdo, y el primer grupo en avanzar está formado por: Elizabeth, Taylor, Nicole, Javier, Jackson y Michael.

•• <<────«•° Diez minutos después °•»────>> ••

AGONIA

-¡Vamos bien chicos! -gritó Elizabeth quien por ahora tuvo suerte de dispararle a dos.

-Veo a uno -dice Michael disparándole a uno de los asesinos, aunque no pudo evitar sentir lástima de tener que matar a otros para llegar vivo a la meta.

Por otro lado, Taylor y Nicole se están quedando atrás, ya que no tienen una buena puntería y tampoco les atrae para nada la idea de matar personas, sean asesinos o no. Por lo que se les está complicando realizar el reto.

-¡Este es el mejor reto que has puesto! -exclama Jackson disparando a diestra y siniestra, como si de un Láser tag se tratara.

Ha pasado media hora y el primer grupo está a punto de terminar. Javier hace un giro en el suelo y logra disparar a dos tipos, casualmente los dos que hacían falta para terminar, así que ahora se encuentran saliendo triunfantes.

-¡Lo logramos! -exclama Nicole con entusiasmo porque finalmente ha llegado a la seguridad total.

-Excelente trabajo muchachos, les agradezco por hacer el trabajo pesado por mí.

-¿A qué te refieres? -Eso preocupó a Elizabeth.

-Esos no son asesinos, solo unos idiotas que encontré donde no debían estar. Y bastó con decirles que si me ayudaban con el reto que tenía para ustedes, iban a ser liberados -Misterio le responde con tranquilidad, pues no es la primera vez que hace algo así. Ni la última.

-No lo puedo creer -dice Taylor cabizbaja, al igual que el resto de su grupo para luego guardar silencio. Lo peor es que el otro grupo no sabe la verdad, y Misterio amenazó a los jóvenes diciéndoles que no deben decirle nada al último grupo hasta concluir el reto. De lo contrario, sufrirán un destino aún peor que el de aquellas personas.

Ahora es el turno del siguiente y último grupo que está formado por Annabelle, Ámbar, Gabriela, Alexander, Manuel y Brayan.

-Abran muy bien los ojos -le avisa Manuel al grupo mientras avanzan con sigilo.

-¡Ya te vi! -Alexander acaba de disparar dos veces a uno de los sujetos.

-¡Corran! -le grita Gabriela a sus compañeros mientras dispara en casi todas las direcciones.

Casi media hora y los infortunios ya están comenzando a afectar al grupo.

-¡No inventes, me quedé sin balas! -exclama Brayan quien ahora se encuentra indefenso.

-¡Ven, rápido! -Alexander le hace señas a Brayan para darle parte de las municiones de su arma.

-¡Amigos, vengan a ayudarnos! -acto seguido el equipo cubre a Alexander y a Brayan.

-Listo -Acomoda las balas, con las manos temblorosas, lo más rápido que puede para poder terminar.

-Gracias amigo. -Brayan acomoda sus nuevas municiones, le desarregla el cabello a Alexander y vuelve a lo que estaba haciendo con una sonrisa.

-Diosito, por favor ayúdame -suplicó Annabelle al borde del llanto al ver como sus objetivos salían de todas direcciones.

AGONIA 59

Los jóvenes acaban de pasar el reto sanos y salvos. Por lo que ahora se reúnen con sus compañeros, que tienen unas terribles noticias.

-¡Felicidades muchachos! Nada mal para ser el primer crimen en sus antecedentes -declara Misterio con una sonrisa sutil.

-¿De qué está hablando? -pregunta Gabriela-. Solo nos estábamos protegiendo de los asesinos.

-Esos... -Michael da un suspiro-. No eran asesinos, solo eran personas cualquiera que ese loco secuestró.

-Por favor, díganme que es una broma -dice Ámbar totalmente angustiada.

-Ya quisiera que fuera así -agrega Elizabeth con tristeza. Confirmando que no se trata de un engaño.

-¡Eso fue muy divertido! -Misterio no duda en burlarse de ellos-, y ni siquiera se dieron cuenta. Bueno, les recomiendo que se preparen porque apenas estoy comenzando. Hasta luego muchachos. -Misterio se despide y los jóvenes se dirigen a la sala principal sin decir ni una sola palabra.

-No creo que pueda dormir esta noche -agrega Annabelle con temor.

-Estoy seguro de que nadie lo hará -le responde Javier.

-Por favor, no me dejen aquí -escuchó Elizabeth antes de abandonar el lugar para ir con sus compañeros.

Miró hacia atrás y vio a uno de los objetivos, desangrándose a pocos metros de ella. Se quitó la máscara y era una mujer, quien le extendió su mano antes de finalmente perder la conciencia.

-Sabía que algo andaba mal. Pero nunca me imaginé algo así.

Elizabeth despertó de sus pensamientos, miró las escaleras y fue con su grupo para descansar.

Por desgracia, los jóvenes nunca se llegaron a enterar de que aquellas personas eran en realidad agentes de búsqueda y rastreo que estaban cerca de atrapar a Misterio. Por lo que él tuvo que tomar cartas en el asunto para deshacerse de ellos y que nadie se diera cuenta de lo que esconde en realidad.

Capítulo 10

No puedo creer que esto esté pasando en serio —dice la madre de Annabelle, quien entre dolorosas lágrimas prepara el almuerzo.

—Amor, acaba de llamarme el oficial Fernández —le avisa su marido, entrando a la cocina mientras limpia sus lentes—. Dijo que debíamos ir a la estación para discutir algo relacionado a la desaparición de las niñas.

—¿Será que por fin encontraron a mis pequeñas? —pregunta la mujer mirando en dirección al cielo, con una sonrisa que irradia una pequeña luz de esperanza.

Pese a que sepan el rumor sobre Misterio, todos los padres lo pasan por alto, pues piensan que solo se trata de algo que se inventaron los medios para llamar la atención. Y deciden confiar plenamente en los profesionales.

Con todos en la estación. El oficial Fernández entra acompañado por el detective, que permanece serio en todo momento y lleva consigo algunos documentos correspondientes a la investigación.

—Buenas tardes a todos —saluda el detective quien le hace señas a los padres para que tomen asiento—. Lamento tener que informarles que a pesar de haber pasado diez días, aún no hemos podido encontrar ninguna información acerca de dónde podrían estar sus hijos. Por lo menos, nada concluyente.

—¡Ustedes son unos inútiles! —exclama el padre de Jackson, levantándose de su asiento totalmente disgustado con lo que le dijo el investigador—. He visto casos de perros desaparecidos que se resolvieron más rápido.

—Señor, le aseguro que estamos trabajando en el caso —le responde el oficial con la intención de calmar la situación—, así que necesito que se calme y tome asiento.

—Esto es lo que descubrimos por ahora —continúa el detective, entregando el folder que los sus invitados proceden a leer.

—Con todo respeto señor, esto no nos sirve de nada —dice decepcionada la abuela de Manuel, y tanto el oficial como el detective no saben qué responder.

—Entiendo que todo esto lleva tiempo, pero tenemos el presentimiento de que esto no va a ningún lado —comenta desconcertado el tío de Annabelle, Taylor y Nicole.

—Quién sabe qué cosas le pueden estar haciendo a mis hijos. Nunca debimos dejar California —agrega con tristeza la madre de Alexander y Michael.

•• <<———«•° En la mansión °•»———>> ••

—Hey, chicos, ¿han notado que Annabelle ha estado un poco paranoica estos días? —Manuel le pregunta a sus compañeros mientras se acomoda para sentarse en uno de los muebles.

—Sí —le responde Alexander quien se encuentra almorzando junto a Javier—. Creo que esto de nuestro secuestro le está afectando un poco.

—Ni me lo digas —agrega Ámbar, haciéndole cola de caballo a Nicole—. Hablé con ella hace rato y estaba diciendo cosas muy confusas de las que solo pude entender que estuvo midiendo el tiempo que nos toma hacer un reto para no se que.

—¿Alguien más tiene el presentimiento de que esa chica va a acabar mal? —se pregunta Jackson que también está almorzando—. No se que sea esto, pero sabe horrible.

—¿Puedes dejar de ser tan pesimista? —Su actitud ya está comenzando a molestar a Taylor.

—Qué más da, ¿Y tú qué opinas Brayan? —Jackson le pregunta a Brayan quien se encuentra dormido en el sillón— ¿Brayan? —Esto lo pone nervioso y le da una bofetada— ¡Brayan!

—¡Fue culpa del gallo! —grita Brayan somnoliento en respuesta a la acción de Jackson, lo que le causó gracia al resto.

—Me alegra que se lleven bien, pero esto ya me está comenzando a aburrir... —Misterio se encuentra al otro lado del altavoz tirándole navajas al cuadro que tiene al lado— Así que vamos con el reto que les tengo preparado para el día de hoy.

—Pues disculpa que no estemos en un circo —dice Brayan con una pequeña sonrisa y un tono sarcástico mirando a sus compañeros.

—¿Acaso no te enseñaron que debes respetar a tu superior? —preguntó Misterio quien dejó lo que estaba haciendo y se dirigió al monitor. Inmediatamente, las sonrisas se esfumaron— Déjame recordarte que soy el verdugo que decidirá si tu insignificante existencia vale la pena, y por lo que veo no es el caso.

Al escuchar esto, la rabia, la impotencia y el temor invadieron a Brayan, pero no hay nada que él pueda hacer al respecto. Así que por el momento, no le queda más opción que permanecer en silencio. Lo mismo aplica para sus compañeros.

—En fin, ¿Dónde me quedé?... ¡A sí! —Misterio se acomodó y está tirando otra vez navajas— Para el reto de hoy me inspiré en los juegos de mesa. Uno en específico, que es mi favorito. Pero no voy a mencionar el nombre porque nadie me paga por hacer publicidad, aunque sí les diré que se trata de resolver la escena de un crimen, y eso es lo que ustedes van a hacer en el segundo cuarto de la tercera planta. Y por último, los volveré a dividir en dos grupos. Pero esta vez será uno de chicas y otro de chicos.

—¿Por qué? —le pregunta Gabriela.

—Porque sí —le responde con tranquilidad—. Ahora váyanse, verlos ahí me repugna.

Los jóvenes acaban de llegar y durante el camino acordaron que los chicos irían primero, por lo que ellos proceden a entrar. La puerta se cierra y luces se encienden, dándole paso al siguiente escenario; El cadáver ensangrentado de una chica reposa boca abajo en su sala de estar; hay dos copas de vino en la mesa acompañadas con unos

AGONIA

papeles, y casi todo el lugar está lleno de salpicaduras y huellas de sangre.

—Su nombre es Jennifer, y ustedes deben descubrir qué pasó con aquí y cómo murió —le anuncia Misterio a los jóvenes.

—Espera, ¿el cuerpo es de verdad? —pregunta Michael señalando a la chica.

—Tienes suerte de que no seas tú —contesta Misterio—. Ahora muévanse.

—Está bien, emmm... Hay que dividirnos. —le indica Manuel a sus compañeros.

•• <<————≪•° Media hora después °•≫————>> ••

—Muy bien, creo que ya sé porqué se murió —avisa Javier al resto del grupo.

—De acuerdo, que no se te olvide —le responde Michael.

—¿Pero cómo se le va a olvidar? —pregunta Brayan desde una esquina en la que revisa uno de los estantes.

Mientras tanto las chicas se encuentran conversando al otro lado de la puerta, pero una de ellas se acaba de dar cuenta de que algo no va bien.

—¿Saben a dónde se metió Annabelle? —pregunta Elizabeth

—A lo mejor tuvo que ir al baño —le responde Gabriela.

•• <<————≪•° Al otro lado del lugar ° •≫————>> ••

—¡Terminamos! —Anuncia Michael a Misterio.

—¿Qué descubrieron? —le pregunta Misterio a los jóvenes.

—Fue el típico caso de negación —responde Alexander para cederle el turno a Brayan.

—No vimos ninguna entrada forzada, pero sí vimos dos copas de vino y unos papeles de divorcio. Y nos pareció muy curioso que una de esas copas estuviese llena mientras que la otra estaba casi vacía.

—Por lo que deducimos que ellos estaban casados, pero parece que la relación no funcionó. Así que Jennifer pidió el divorcio, el hombre le ofreció una copa de vino que en realidad tenía veneno, y yo todos sabemos lo que pasó después —dice Jackson quien parece estar seguro de sus palabras y procede a darle el turno a Javier.

—Y no conforme con eso la apuñaló y la dejó desangrándose sola.

—Wow... Me han dejado impresionado, excelente trabajo muchachos —dice Misterio—. Chicas es su turno... Vamos a ver si son capaces de resolver el siguiente caso. —La puerta se cierra, la habitación se transforma, y al abrirse las chicas proceden a entrar.

—Ese de ahí es Lucas, y esos son sus hijos Carlos y Stephanie. Deben descubrir qué pasó con esta familia.

—¡Estoy segura de que lo vamos a lograr! —exclama Gabriela motivando a sus compañeras.

Ha pasado una hora desde que las chicas comenzaron. Aunque Misterio tiene el presentimiento de que algo no cuadra y le presta cada vez más atención a la pantalla.

—¡Listo! —gritó Nicole alzando la mano en señal de victoria.

—Nos tomó tiempo, pero descubrimos que el padre tenía muchas deudas atrasadas gracias a algunas facturas, y creemos que mató a sus hijos para cobrar el seguro de vida —explica Ámbar.

AGONIA

—Aunque luego, el padre, al ver a sus hijos muertos entró en pánico. Y temiendo que la policía lo atrapara, se suicidó —concluye Elizabeth con el caso.

—Ajá sí, muy bien —dice Misterio que acaba de notar el problema— ¿Dónde está Annabelle? —les pregunta con seriedad, lo que es muy raro en alguien como él.

—No lo sé —le contesta Jackson—. No la vemos desde hace un buen rato.

Ante la respuesta que recibe por parte del grupo, Misterio revisa todas y cada una de las cámaras hasta que encuentra a Annabelle tratando de abrir la única puerta que posiblemente le dará su libertad. Los jóvenes acaban de llegar y tratan de acercarse para detenerla, pero de pronto las luces se apagan y cuando vuelven a encenderse... se dan cuenta de que Annabelle acaba de desaparecer frente a ellos.

Lo que seguramente no saben es que Annabelle ahora está con Misterio.

—No llores... —Misterio con una voz dulce juega con el hacha—. Recuerda que tu misma te lo buscaste.

—¿Sabes? —se le acerca— Supe que serías la primera en estar aquí desde el momento en que te vi. Con tu actitud cobarde me sorprendió que llegaras a sobrevivir tanto tiempo. Pero como te habrás dado cuenta, aquí no hay lugar para los débiles. Y tú no eres la excepción querida. —Misterio le acaricia el cuello con la hoja del hacha para luego apartarla tan rápido que casi le corta la cara—. Pero debemos seguir, no es correcto dejar a los demás esperando.

Pasan unos minutos y en una de las paredes de la sala principal aparece una pantalla con una transmisión en vivo, donde se puede observar a Annabelle atada dentro de un lugar oscuro con la iluminación de un foco que se balancea de un lado a otro encima de ella.

—Saluda a la cámara.

—¡Por favor no me mate! —súplica Annabelle totalmente aterrada— ¡Le prometo que no me iré de aquí! ¡Ni siquiera cuando pasen los dos meses!

—Misterio coloca la cámara en un soporte, grabando sólo a Annabelle de los hombros para arriba— Lo siento, pero... así no funcionan las cosas aquí.

—Bye~ —Con un solo movimiento, Misterio acaba de decapitar a Annabelle, dejando a la cámara grabando el cuerpo sin vida de la joven. Sus compañeros solo pueden ver con horror cómo brota la sangre del cuello expuesto de su amiga, incluso pueden ver parte del hueso. Pero por fortuna, la transmisión finaliza.

—¡Ana! —gritó Nicole para luego caer de rodillas y romper en llanto mientras sus compañeros la consuelan junto con Taylor— No... no tenías que hacerlo. ¡No debiste!

—Si yo fuera ustedes no me buscaría problemas —le dice Misterio a los jóvenes con una sonrisa de oreja a oreja totalmente orgulloso de lo que acaba de hacer—. Pero afortunadamente, no soy uno de ustedes. —Acto seguido se escucha su maniática risa entre el penoso silencio de sus víctimas.

AGONIA

Es de noche, y alguien toca la puerta de la casa de la familia de Annabelle. A los pocos minutos, una mujer la abre y suelta un grito de horror al ver el cadáver decapitado de su hija en la entrada.

—¡¿Mi niña pero qué te han hecho?! —grita la madre de Annabelle que cae de rodillas al suelo con la cabeza ensangrentada de su hija en las manos mientras es consolada por su mamá y su esposo, quienes a duras penas logran contener el llanto.

•• <<————«•° En el noticiero nocturno °•»————>> ••

—Y en las últimas noticias. La policía recibió una llamada de emergencia proveniente de la casa de los López, informando que el cadáver de María Annabelle López de la Cruz de diecisiete años, fue encontrada decapitada en la entrada de la casa de sus padres.

Según los investigadores la joven fue golpeada antes de ser decapitada. Y al lado del cadáver encontraron una carta impresa diciendo lo siguiente: «Aquí dejo lo que quedó de su hija. Ya no me servirá de nada». La policía enviará una carta con unos especialistas en busca de nuevas pistas sobre el culpable.

De acuerdo a las declaraciones de su familia, así como las de otros padres, se confirma que ella formaba parte de los doce chicos que desaparecieron hace unos días, lo que deja la idea de que posiblemente las demás víctimas se encuentran secuestradas o probablemente muertas.

Se darán seguimiento a las investigaciones, pero por ahora, yo soy Arar Sandoval y este fue su noticiero nocturno.

Capítulo 11

Llegó un nuevo día y tal vez una nueva oportunidad de matar a otro de estos miserables —dice Misterio frente al espejo, terminando de arreglarse—. No creo que los que queden puedan sobrevivir, pero es divertido verlos intentarlo. De alguna forma u otra, la historia siempre se repite.

En ese momento, Misterio saca su teléfono y se fija en la hora.

—Bueno, aún queda tiempo antes de su tortura. Así que veré si ese insecto me trajo lo prometido y no esté tratando de hacer algo estúpido, de lo contrario... me veré obligado a tomar mis medidas.

•• <<————≪•° En la mansión °•≫————>> ••

—Buenos días —saluda Manuel algo somnoliento.

—Hola Manuel —le responde Nicole sin poder superar la muerte de su hermana.

—Ánimo Nicole, aún tienes a Taylor, y estoy seguro de que saldrán de aquí juntas. —Como siempre, las palabras de Manuel están cargadas de seguridad y acompañadas de una sonrisa cálida.

—Tienes razón —admite Nicole secándose las lágrimas.

AGONIA 71

—¿Me perdí de algo? —agrega Brayan saliendo de la cocina.

—Al menos agradezcan que siguen vivas —dice Jackson desde una esquina—. Solo espero que esto no les afecte durante el reto de hoy.

—¿Y tú desde cuándo te preocupas tanto por ellas? —le pregunta Brayan colocándose al lado suyo, intentando imitar su pose.

—¿Acaso no puedo ser amable con las chicas?

—No, ¿Cómo crees? Yo no dije eso, Jajajaja.

—Aunque, siéndote sincero, estoy muy preocupado... —da un suspiro— No quiero morir todavía.

—Créeme, nadie quiere.

—No puedo creer esto —dice Misterio con la mano en la frente, decepcionado—. ¡Ya despierten! Y que les sirva para que recuerden dónde están. —La forma en la que Misterio le gritó a los jóvenes hizo que la mayoría quedaran paralizados del miedo.

Sin embargo, esto no aplica para todos.

—Para ti es fácil decirlo... ¡Fuiste tú quien la mató! —exclama Taylor llena de lágrimas desde uno de los muebles.

—Misterio soltó una risa leve tan solo de recordarlo— Su muerte fue casi tan satisfactoria como la de ese infeliz.

—¿D- de quién más estás hablando? —Michael pregunta asustado mirando a sus compañeros.

—De nadie... alguien sin importancia. Ahora sigamos, les tengo un regalo que seguro les va a encantar. —Toda la mansión acaba de quedarse a oscuras.

—¡Manténganse juntos! —grita Gabriela al recordar lo que le pasó la última vez que se quedó sola en este sitio.

—Les sugiero que se dirijan a la puerta del segundo piso, y para que puedan distinguirla, les informo que la perilla tiene forma de rombo.

—Bueno, ahora solo tenemos que tratar de no caernos —dice Brayan riéndose de lo que había dicho.

Los jóvenes tienen una clara dificultad para avanzar. Misterio en cambio, goza de ver a sus víctimas tropezarse, todo gracias a que las cámaras de vigilancia que él usa cuentan con un modo de visión nocturna. Luego de unos minutos de choques contra los muebles, los jóvenes finalmente consiguen llegar a las escaleras, por lo que proceden a subirlas con mucho cuidado para evitar lastimarse más de lo que han hecho.

—Recuerden que necesitamos permanecer juntos, así que no quiero que se suelten del soporte o de la pared —avisa Manuel quien encabeza el grupo.

—Oye Mike, deja mi cabeza —le regaña Javier a Michael quien se encuentra detrás suyo, y lo mismo hace el resto del grupo.

—Las personas que estén con ese relajo, déjenme decirles que no es gracioso —agrega Ámbar ya frustrada.

—Muy bien chicos, creo que ya llegamos. —Acto seguido, Manuel procede a abrir lentamente la puerta, solo para llevarse la sorpresa de sus vidas.

Los jóvenes acaban de quedarse perplejos al ver que después de todos estos días de tormento, finalmente son libres. La primera vista que tienen del exterior es de un bosque que está medio oscuro porque al parecer ya anocheció. Algo que no les parece extraño, pues no hay

AGONIA

forma de ver lo que pasa en el exterior una vez que estás dentro de la mansión.

—¡Esto es maravilloso! —Gabriela está ansiosa de salir y no volver a ver este lugar.

—Así como lo pueden ver muchachos, ya todo terminó—dice Misterio con una gran alegría—. Después de verlos estos días decidí que ya es suficiente. Así que corran, creo que hay una carretera más adelante.

Los jóvenes no lo dudan ni un instante y cada quién se dirige cómo puede a su hogar, pese a que ninguno sabe dónde están. Aunque la neblina, la oscuridad, y el frío del bosque hace que avancen con cuidado, sobre todo porque la mayoría no tiene quien los acompañe en su camino a casa.

"Creo que Ámbar está tan sorprendida como yo. Está caminando al lado mío y no deja de mirar hacia los lados. Esto ya está empezando a ser molesto. O sea, ¿Qué tanto hay que mirar si estamos en un bosque?. Si llegamos a su casa primero, definitivamente me quedaré a dormir allá, no quiero tener que volver a este bosque sólo", pensó Javier.

—Oye, ¿viste eso? —preguntó Ámbar.

—No, pero estoy seguro de que no fue nada.

Ámbar y Javier llevan un largo tiempo caminando, pero finalmente encuentran la carretera. Pero no tardan mucho en darse cuenta de que ningún vehículo pasa por ese lugar. Ellos se mantienen observando y ven a una persona corriendo en dirección a ellos mientras grita, Ámbar está asustada, al igual que Javier, pero éste mantiene la compostura. Dicha persona está aún más cerca y enseguida se dan cuenta de que sólo se trata de Brayan.

—¡Qué bueno que los encontré! —exclama Brayan abrazando a Javier quien lo aparta unos segundos después.

—¿Qué pasó, por qué estás así? —le pregunta Ámbar.

—Brayan intenta recuperar el aliento para dar su explicación— Estaba buscando la carretera que nos dijo Misterio para poder salir de aquí, pero de repente comencé a escuchar unos sonidos extraños. Me asusté y cuando miré hacia atrás me di cuenta de que algo me estaba persiguiendo, así que corrí para buscarlos y los encontré.

—Hay que buscar a los demás, ¡están en peligro! —le dice Javier a sus amigos y juntos comienzan la búsqueda.

Pasan las horas y ellos acaban de encontrar a Gabriela. Está parada al lado de la carretera, temblando de frío, esperando a que un auto pase a ayudarla. Ellos deciden caminar hacia ella para no asustarla, pero enseguida notan que a lo lejos hay una criatura que mide aproximadamente dos metros. El miedo se apodera de ellos y deciden correr para ayudar a Gabriela.

—¿Qué hacen aquí?!

—¡No hay tiempo para explicar, solo corre! —responde Brayan tomándola del brazo.

Aterrados, los jóvenes tratan de alejarse lo más que pueden de aquella criatura; dicho monstruo emite unos sonidos extraños, tal como lo dijo Brayan. En el camino se topan con el resto de sus compañeros quienes finalmente encuentran la carretera. Ellos al principio

AGONIA

no creyeron lo que sus amigos les estaban diciendo hasta que vieron a la criatura con sus propios ojos.

Luego de un largo tiempo, los jóvenes finalmente consiguen liberarse del alcance de aquel monstruo, por lo que siguen su camino en busca de ayuda, pero justamente se encuentran con un milagro.

—No lo puedo creer, ¡estamos salvados! —exclama Brayan con alegría al ver que a la distancia hay un oficial de la policía esperándolos para ayudarlos, aunque para algunos hay algo más en todo esto.

—¡Oigan, chicos! Veo que necesitan ayuda, ¡suban!

—Tengo un mal presentimiento, tenemos que irnos —Elizabeth intenta convencer al grupo, pero no recibe respuesta.

—Vengan, les aseguro que no hay nada de que tem... —Las palabras del oficial acaban de ser reemplazadas por los alarmantes gritos de los jóvenes al ver que el hombre acababa de ser atravesado por una de las garras del monstruo quien lo lanza lejos. La criatura gira lentamente la cabeza y hace lo mismo con la patrulla para abrirse paso y perseguir a los jóvenes.

Los jóvenes no pudieron llegar muy lejos, ya que acaban de darse cuenta de que están totalmente acorralados. El monstruo abrió su cara, dejando expuesto un espiral de afilados dientes aún chorreando la sangre de su antigua víctima, junto con una lengua tan larga como la de una serpiente.

El monstruo se está acercando lentamente. Sus pupilas están dilatadas, el corazón les late con fuerza, sus cuerpos tiemblan como nunca antes lo han hecho. Ya no les queda de otra más que cerrar los ojos y esperar a que llegue su terrible final.

Ahora todo está oscuro.

—Listo, ya se los pueden quitar. —Los jóvenes escuchan la voz de Misterio y se tocan la cabeza, viendo que todo resultó ser una simulación de realidad virtual, y que están en realidad en una enorme sala vacía con algunos aparatos que hacían más realista la situación.

Pero el temor y el pánico que sintieron fue totalmente real.

Capítulo 12

No lo entiendo... ¿Qué estoy haciendo mal? —Alexander se encuentra sentado al lado de Brayan con una tristeza profunda en su mirada. El comportamiento del joven no pasa desapercibido por la mente de Brayan y llama su atención casi al instante.

—Oye, ¿Por qué estás triste? —Brayan se acomoda mirando a su compañero con preocupación—. ¿Alguien te lastimó?

—Algo así —le responde Alexander sin apartar su mirada del piso—. Hago muchas cosas por Gaby porque quiero gustarle, pero no parece sentir lo mismo.

—No tienes que sufrir por eso. Hay mucha gente en el mundo que te quiere tanto como tu la quieres a ella, y una de esas personas puede estar más cerca de lo que crees. —Brayan desarregla el pelo de su compañero y se aleja con una sonrisa mientras que Alexander se queda meditando.

—Eres muy generoso con él, ¿lo sabías? —le dice Jackson mirando como su amigo se recarga en la pared imitando su posición.

—No lo suficiente —le responde con una sonrisa sutil.

—Muchachos... —Los jóvenes por instinto se reúnen en la sala tan rápido como escucharon la voz de Misterio, temerosos de saber que les tiene preparado para esta ocasión—. ¿Están listos?

—¡Por supuesto que no! —exclama Elizabeth con total rechazo—. Lo que hiciste ayer fue imperdonable.

—No entiendo por qué son tan ingratos.

—¿A qué te refieres?

Tal vez no lo entiendan ahora, pero si lo que vivieron ayer en realidad hubiese sucedido, la historia hubiese tenido un final totalmente diferente. Tal vez para ellos, lo que pasó solo se trató de un reto inhumano y cruel, pero en realidad no se trata más que de un método de Misterio para asegurar que esto dure un poco más. Pues al final, para él no son más que ovejas que hacen lo mismo que haría el otro, y es justo eso, lo que quiso evitar.

—Veo que esta charla ha durado demasiado tiempo, así que es hora de ubicarlos. —Los jóvenes acaban de aparecer en la entrada del salón, lugar donde van a realizar su nuevo reto.

—Verán, hoy tendrán que atravesar este campo láser, —Por alguna razón, esto emocionó a algunos, entre ellos Elizabeth y Ámbar, pues es algo que ya vieron antes en las películas de acción—, pero estos láseres no son como los demás, ya que estos se moverán y rebanarán todo lo que esté a su paso.

—¡¿Qué?! —Ese detalle los tomó por sorpresa, ya que pensaron que se trataban de láseres de seguridad y que formaban parte de una dinámica totalmente diferente.

AGONIA

—Como escucharon. Así que empiecen, y traten de no perder la cabeza. —Esta expresión la usó más que nada para burlarse de Taylor y Nicole, recordándoles lo que pasó hace unos días.

Al principio, solo algunos se atrevieron a realizar el reto, pero en cuestión de minutos el resto los acompaña. Ellos tienen la suerte de que estos láseres no van tan rápido, de lo contrario, sería casi imposible que llegaran siquiera a la mitad del cuarto. Mientras tanto, Misterio como siempre disfruta de ver como sus víctimas una vez más se juegan la vida para estar otro día atrapados. En su retorcida mente, sigue viéndolos como unos pobres niños ilusionados, creyendo ciegamente en una promesa cuando en realidad, él solo espera el momento el que uno a uno corra el mismo destino que Annabelle. Solo le interesa ver cuánto más pueden aguantar sus frágiles cuerpos, pues si algún día se cansa de ellos, no dudará en matarlos y seguir su verdadero objetivo.

Los jóvenes intentan llegar al punto seguro a toda costa. Muchos lo llevan se toman su tiempo y se mueven despacio, mientras que otros hacen todo lo contrario. Pero para uno de ellos el tiempo será el menor de sus problemas.

Michael se encuentra con una presión incalculable porque no solo está intentando sobrevivir, sino que también está detrás de Alexander, intentando cuidarlo para que no le pase absolutamente nada ya que en este momento, él es toda la familia que tiene. Su mente se encuentra tan agitada que no tiene idea de lo que está a punto de pasar.

Michael recién se da cuenta de que su brazo izquierdo se siente más ligero y que está algo húmedo, esto último es lo que llama su atención y se entera de que de alguna forma, uno de los láseres acaba de cortarle la mano. Él mira su extremidad en el suelo, totalmente asustado y está comenzando a entrar en pánico; no puede gritar por el miedo, le falta el aliento y siente como todo se balancea a su alrededor. Para Michael, todo se mueve en cámara lenta, mientras se balancea y ve todo borroso. De repente, este se desmaya y se desploma en el suelo. Misterio evidentemente se da cuenta de esto, pero le parece mejor que el resto se de cuenta de esto por sí solos. Aunque esto lo desconcertó porque esperaba que por lo menos lo cortaran a la mitad mientras veía como sus órganos se iban saliendo uno por uno.

Pasaron unos minutos y el resto del grupo acaba de terminar el reto. No todos lo hicieron al mismo tiempo, porque decidieron ir despacio para no ser las "primeras" víctimas del campo láser.

—En las películas lo hacen ver muy fácil —Elizabeth le dice esto a sus compañeros sin creer cómo es que salió de ese lugar prácticamente ilesa.

—Eso te pasa por creer en la magia de Hollywood —le responde Gabriela con un tono burlesco mientras se limpia el polvo que su ropa recogió durante el reto.

Entre risas y golpes sutiles por parte de algunos. Alexander acaba de notar algunas manchas en la suela de sus zapatos, lo que llama su atención y hace que revise el suelo. Todo esto solo para darse cuenta de que hay un rastro de sangre que va desde el campo láser hasta el cuerpo de su hermano, quien se encuentra desmayado en el suelo. Sin

AGONIA

81

pensarlo dos veces, y temiendo lo peor, llamó a sus compañeros para que corrieran a ayudar a Michael. Ahora se encuentran con él en la sala principal.

—Okey, debe haber algo en esta casa que nos ayude. —Alexander busca frenéticamente por todas partes junto con sus compañeros. De repente, las luces se van y al momento de volver, una bola de estambre bastante gruesa aparece frente a los jóvenes junto con una aguja de coser casi igual de gruesa.

—Nos estás jodiendo, ¿verdad? —preguntó Jackson totalmente desconcertado al ver lo que Misterio les dejó.

—Si quieren que se desangre, pueden tirarlo a la basura. Quien sabe, tal vez el cuerpo de su compañero le sirva de cena a Cherokee.

—sin ninguna otra opción, Jackson da media vuelta con la bola de estambre en mano— Bueno, ¿algún voluntario?

—Yo no voy a hacer eso ni aunque me paguen —declara Nicole evitando mirar el brazo de su compañero.

—Ya que —dice Brayan tomando los materiales de la mano de su amigo—, al menos no va a patearme como el caballo de mi papá el día que quisimos castrarlo.

Capítulo 13

Los jóvenes se encuentran sentados en la sala principal, esperando la presencia de Misterio, pero su calma se ve alterada al escuchar los gritos desesperados de su compañero, provenientes del cuarto donde duermen los chicos. Alarmados, el grupo se dirige con rapidez a la fuente de tan desesperado grito de ayuda.

—¡Oh! Veo que por fin despertaste. —Jackson entra a la habitación, feliz de ver que su compañero sigue con vida.

—¡¿Qué pasó? y ¿Dónde está mi mano?! —La desesperación de Michael no es algo que se pueda medir en este momento. Por más que sus compañeros tratan de explicarle, le cuesta entender lo que pasó ayer.

—Cálmate Mike —le responde Alexander—. Hicimos todo lo humanamente posible para que sobrevivieras sin ella.

—Okey, ¡pero nadie me dijo dónde está mi mano!

—Sobre eso... —Nicole baja su cabeza para no verlo, ya que siente escalofríos cada vez que hoza ver su herida—. Ayer uno de los láseres te la cortó.

AGONIA

—Y tuve que coser tu muñeca... —prosiguió Brayan—. Aunque no sabemos qué hizo Misterio con tu preciada mano. Cuando terminamos la pusimos en la mesa de la sala, nos levantamos esta mañana y ya no estaba.

—De acuerdo, eso sin dudas me preocupa. Pero tengo una duda. —Michael se incorpora y señala las suturas— ¿Por qué un hilo de lana tan grueso? Es muy incómodo y no creo que sea seguro.

—Bueno, tendrás que soportarlo —Javier se le acerca con la bola de estambre—, porque era esto o convertirte en la comida de la mascota de Misterio.

—Veo que les encanta invocar al diablo —interrumpe Misterio con una sonrisa leve—. Me sorprende su masoquismo.

—¡Cállate idiota! —exclama Taylor cuyo rencor piensa mantener hasta el fin de sus días—. ¡Nunca te perdonaré por lo que le hiciste a mi hermana!

—Se lo merecía, y no me arrepiento —le responde Misterio sin inmutarse—. Ella sabía que algo pasaría si no acataba las órdenes. Y recuerdo haber sido muy claro con eso.

—¿Por qué eres así? —le pregunta Nicole entre lágrimas.

—Yo intento ser una buena persona, pero al ver lo estúpidas que son se me pasa. Ahora, sigamos con lo que realmente importa.

Misterio actúa con frialdad, sin importarle cuan lastimadas estén sus víctimas física y mentalmente, ya que su tortura es solo parte de su objetivo.

—Para comenzar con esto, les sugiero que vuelvan a la sala principal.

—¿Es idea mía, o este tipo se está haciendo cada vez más confuso? —Se pregunta Manuel en voz baja, cerrando la puerta del dormitorio.

Ya en el lugar. Los jóvenes han quedado atónitos, ya que ninguno tenía en mente que algo así llegaría a pasar. Aunque, para algunos esto no es del todo una sorpresa porque después de todo, estos desafíos o retos son planeados por un ser igual de impredecible que podría hacer que al despertarse, se encuentren en un granero a más de veinte kilómetros de distancia.

—¿Qué rayos le acaba de pasar a la sala? —Jackson es uno de los muchos que no logra comprender cómo es que, a pesar de que se descuidó para ir a ayudar a su amigo tan solo por unos minutos, toda la sala se transformó en un escenario digno de uno de esos concursos de premios que habitualmente pasan por la televisión los fines de semana.

La superficie de la sala ha sido reemplazada por una clase de piscina llena de una sustancia cuyo color es verde limón. Si bien la piscina es de gran tamaño, no abarca todo el espacio del suelo. Y sobre dicha piscina, hay una cuerda gruesa que está siendo sujetada por dos soportes que aparentan estar hechos de madera, aunque examinándose más a fondo, se puede notar que en realidad están hechos de acero.

—Tal y como lo pueden ver muchachos —resalta Misterio para darles el contexto de la actividad que van a realizar—. Hoy quiero que crucen esta cuerda floja. Pero procuren no resbalarse, porque de ser así caerán directamente a este ácido capaz de destruir sus frágiles huesos. —Al mencionar este último detalle, Misterio no pudo evitar

AGONIA

85

mostrar una sonrisa, producto de imaginarse a sus víctimas cayendo y tratando de salir de ahí sin éxito.

—Siempre imaginé que caminaría sobre una cuerda floja, pero esto ya es ridículo. —Ámbar cruza los brazos y examina con mirada burlesca lo que su secuestrador espera que haga.

—Iré primero para salir de esto. —Lo que acaba de decir Michael pone nervioso a su hermano quien lejos de detenerlo le da la razón, sobre todo porque sabe que cuando su hermano quiere hacer algo no hay quien lo haga cambiar de opinión.

—Suspira— Está bien, pero si te mueres me quedaré con tu consola.

Michael tenía un claro problema para subir las escaleras, pero finalmente lo logró y no puede dejar de mirar hacia abajo. Michael pudo haberse rendido y simplemente aceptar su castigo con tal de no tener que arriesgarse a cruzar la cuerda con una sola mano, pero piensa que sería un suicidio innecesario, así que decide hacer lo que Misterio le ordenó.

Michael da los primeros pasos y su temor crece al sentir como la cuerda está tambaleando sin control con cada nuevo paso. Con los brazos extendidos. Está tratando de moverse lo más rápido posible dando pasos equivocados de vez en cuando, todo mientras trata de ignorar su herida que le da una desventaja, su posible destino, y las burlas constantes de Misterio. Finalmente, Michael ha logrado cruzar con éxito la cuerda mortal y no puede evitar mirar con pena el nuevo reto de bajar las escaleras para juntarse con sus compañeros. Si subir fue difícil, bajar será todo un desafío. Finalmente, logra bajar para recibir los abrazos y los golpes sutiles que tanto lo esperaban.

—Debo admitir que fue más entretenido verte subir y bajar las escaleras que verte caminar sobre la cuerda —le dice Misterio totalmente ameno —Tus esfuerzos en la cuerda floja fueron lamentables y te viste patético.

—No, pues gracias por el cumplido.

•• <<———————≪•° Oficina del Detective °•≫———————>> ••

—¡Por fin llegaron los resultados de la autopsia! —anunció el oficial Fernandez.

El detective no pierde el tiempo y toma los resultados para revisarlos.

—Al parecer, la víctima fue golpeada por lo que ellos creen que pudo haber sido un bate de béisbol. Fue un corte limpio. Y las marcas en brazos y pies indican que fue amarrada.

—Y según lo que dijeron, el asesinato se dio unas dos o tres horas antes de que apareciera en casa de sus padres.

—Interesante —dijo el detective, anotando todo lo esencial en su libreta—. ¿Encontraron algo en la nota que dejó Misterio?

—No. Fue muy cuidadoso al enviar eso.

—Sin dudas —admitió el detective.

—A pesar de que se trate de un criminal capaz de hacer algo así, ¿no cree que deberíamos pensar en la posibilidad de otro sospechoso? Es muy arriesgado enfocarnos en él cuando en realidad alguien más se aprovecha de su mala fama.

AGONIA

—No lo creo. Ya invertimos mucho tiempo en esto, además, no hay señales que nos digan lo contrario. A menos de que encuentre algo que pasamos por alto.

—Entiendo. Pero deberíamos abrir más los ojos.

•• <<————«•° En la mansión °•»————>> ••

Ha pasado un largo tiempo y la mayoría han logrado con temor y casi de milagro completar el reto. Ahora los únicos que faltan son Ámbar y Javier quienes luego de hacer aproximadamente tres rondas consecutivas de piedra papel o tijera, estuvieron de acuerdo en que la primera en ir será Ámbar. Ella acepta su derrota y se dirige de inmediato a las escaleras.

—Bueno, ahí voy. —Respirando profundo y prestando mucha atención, Ámbar avanza colgándose de la cuerda como si se tratara de una escena digna de una película de espías. Ella se agarra con firmeza y avanza a un ritmo lento y constante, y solo centra su mirada en una cosa que es el final de la cuerda.

—¡Oye, eso es hacer trampa! —reclama Javier indignado.

—Solo dije que cruzaran la cuerda, nunca dije como. —Ante esta respuesta a Javier no le quedó de otra más que hacer silencio y observar.

—Es tu turno Javier, veamos que tan bueno eres en esto —le dice Jackson con los brazos cruzados y con un tono desafiante.

—Si, Javier —agrega Misterio con tono juguetón—. Ya quiero tener cráneo en mi pared.

Son muchas las emociones que rondan por la mente del joven. Sin embargo, es el miedo el que lógicamente destaca. Javier acaba de llegar a la plataforma y le tiembla todo el cuerpo, ya que sufre de vértigo desde su niñez cuando casi pierde la vida tratando de cruzar un puente colgante que se derrumbó sin previo aviso durante un viaje familiar. Él hubiese muerto de no ser por el salto que dio en el momento perfecto.

Sus compañeros solo pueden verlo con intriga, ya que les resulta muy raro que no haya empezado a cruzar. Lo que no entienden es que se encuentra paralizado del miedo.

Él duda si hacerlo o no. Pero bajo la incesante presión de su secuestrador decide dar los primeros pasos. Iba excelente y le faltaba poco para llegar, pero por desgracia cometió el error de su vida y miró hacia abajo. Ahora se encuentra sosteniéndose con una sola mano y ante la impotencia de no poder pedir ayuda, sus lágrimas no pasan desapercibidas.

—¡Esto es todo un espectáculo! —declara Misterio—. Sabes, creí que eras ágil y que tenías todo lo necesario para salir de este lugar. Pero veo que me equivoqué, eres tan patético como el resto.

Justo cuando el joven estaba a punto de soltarse para terminar este sufrimiento y callar todas esas burlas. Pudo escuchar como Ámbar, su mejor amiga, le daba ánimos y hermosas palabras de aliento.

—¡Vamos, Javier. Demuestra que eres más que eso! ¡Se un hombre!

Esto por supuesto hizo recapacitar a Javier, quien ahora está aplicando la misma técnica que ella usó: manos con el agarre firme, oído sordo, y un ritmo lento pero constante. Finalmente, Javier ha logrado cruzar ileso, aunque sus manos no aparentan lo mismo.

AGONIA

—¡Lo hiciste muy bien Javi! —le responde Ámbar quien lo recibe con un enorme abrazo, a lo que Jackson se va del lugar enojado—. No sé qué haría si te hubieses soltado.

Capítulo 14

• << —————«•° Dos semanas después °•»————— >> ••

—Trata de calmarte Carol —le replica el señor López a su esposa, intentando tranquilizarla.

—No me voy a calmar Patrick, esto ha llegado muy lejos —le responde su esposa que acto seguido abre la puerta de la comisaría.

—Oh, buenas tardes señores. —El detective saluda con serenidad mientras recoge unos papeles del escritorio de su compañero, el oficial Fernández.

—Saludos detective —responde enojada la dama—. Estamos aquí por el caso de nuestros hijos que ya llevan un mes desaparecidos.

—La única que apareció fue mi sobrina Annabelle, y está muerta —añade el tío de Annabelle, quien viene en lugar del padre, debido a que sigue de luto por la muerte de su hija.

El detective no sabe cómo reaccionar ante esta situación repentina, por lo que trata de recuperar la calma para poder articular sus palabras. Él sabe mejor que nadie que esto ya no es coincidencia, y que debe acelerar el paso antes de que sea demasiado tarde. Pero nunca se puede estar seguro de cómo será el futuro.

—Deben recordar que estamos hablando de adolescentes: Siempre hay una posibilidad de que se hayan escapado de casa o algo por el estilo. Y desafortunadamente, su sobrina vio algo que no debía. —todos fruncen el ceño ante la teoría del detective, pero él no les hace caso y sigue con su explicación—. Eso explicaría por qué solo ella apareció. Y esta podría ser la teoría más probable teniendo en cuenta que los forenses no encontraron drogas en su sangre o señales de una violación.

—¡Yo conozco muy bien a mi hijo! —exclama más que indignado el padre de Jackson—. Él sabe perfectamente las consecuencias y no perdería su tiempo haciendo tal tontería... Yo sé lo que tengo detective.

—A parte, once jóvenes no son un grupo pequeño y pienso que deberían ser fáciles de encontrar —agrega la madre de Elizabeth, pero con un tono de sugerencia comparado con la forma en la que los demás se dirigen al detective.

—Entiendan que sus hijos no son los únicos desaparecidos, perdimos contacto con la unidad de búsqueda y rastreo que enviamos hace unas semanas. —Ante esta nueva noticia, ellos entran en razón y suavizan el tono—. Créanme cuando les digo que su caso no ha quedado en el olvido, y que buscaremos la forma de traerlos a salvo.

•• <<————≪•°□°•≫————>> ••

—A veces quisiera saber por qué quieren regresar —comenta Misterio, y hace que los jóvenes se muestran confundidos.

—¿A qué te refieres? —pregunta Nicole.

—Ustedes llevan un mes en este lugar y no veo que sus padres los estén buscando, incluso me atrevo a decir que ni siquiera se tomaron la molestia de reportar su desaparición. —le responde con una sonrisa maliciosa mientras ve cómo algunos bajan la cabeza—. Solo piénsenlo, aquí si se les amerita su esfuerzo y tienen la oportunidad de aprender algo nuevo trabajando en equipo.

—Tonterías! Ellos no se rendirán. Nos van a encontrar y por fin llevarán tu trasero a la cárcel —replicó Manuel, ofendido por lo que dijo Misterio. Pero su enojo se vuelve terror al escuchar la macabra risa de Misterio, claramente burlándose de él.

—Por favor muchachos, todos aquí sabemos que ellos nunca se interesaron por ustedes... Y estoy seguro de que están felices con su ausencia.

—¡Basta! —responde Ámbar tratando de no llorar— Ellos si nos quieren.

—¿En serio?... ¿Y por qué sigues en un lugar desconocido lleno de extraños, casi muriendo de hambre, y sufriendo todos los días cuando sale el sol? Deberías aprender que no siempre habrá alguien que te salve de tus problemas y que debes salir de ellos tú sola. Sin importar el sufrimiento que te provoque, y sin confiar en nadie. Y si aún así crees que es mejor llorar y esperar ayuda, déjame decirte que esa misma mano va a ser la que te dé una bofetada en cuanto tenga la oportunidad.

Michael junto con otros jóvenes vienen a consolarla y ninguno se atreve a responderle a Misterio nuevamente por temor a que les pase

AGONIA

93

lo mismo. Así que se sientan en silencio mientras esperan a que dé la orden de iniciar un nuevo desafío, o mejor dicho, un nuevo método de tortura.

—Bueno, esta charla es muy aburrida y reducimos nuestra hora de juego. Así que lo mejor será que empecemos de una buena vez. —Al finalizar la oración, las luces se apagaron. Y ahora, cada uno de los jóvenes se encuentra colgado boca abajo de una cuerda que está atada a sus tobillos. Y debajo, hay unas púas como las que vieron en el reto de los mosaicos.

—Verán. Intenté ser amable con ustedes y mostrarles el lado bueno de todo esto, pero veo que los humanos nunca cambiarán. Así que hoy aprenderán a valorar las cosas. Los dejaré boca abajo junto con estas púas para que "les lleguen mejor las ideas". Y tranquilos, si ya no pueden estar boca abajo... seré tan amable de cortar la cuerda.

—No sé de donde saca estas ideas tan ridículas, ni que fuéramos unos niños para que nos ande castigando —comenta Nicole mientras intenta distraer su mente para no pensar en la presión que siente por estar en esa posición. Mientras tanto, Javier intenta averiguar cómo salir de esta.

—Tranquilos chicos —Brayan ya no sabe si lo que está diciendo es por el tiempo que lleva boca abajo o por el simple hecho de impresionar a sus compañeros, pero eso no lo detiene y sigue su parloteo—. Ya tengo experiencia en este tipo de cosas y los sacaré en un abrir y cerrar de ojos.

—Déjame adivinar —interrumpe Jackson—. ¿Te solían colgar del hasta de la bandera, cierto?

—Sí... —Brayan desvía la mirada con decepción, sintiéndose algo avergonzado.

—¡Chicos, algo le pasa a Elizabeth! —Ante la preocupación de Ámbar y la insistencia del grupo, Misterio le realiza un rápido escaneo a Elizabeth.

—De hecho... Ella no está muerta, sólo está inconsciente. —Misterio sigue observando desconcertado la situación.

Ante tanto ruido, Elizabeth se despierta acompañada de un bostezo, como si se olvidara de lo que está pasando. Obviamente, esto hace que sus compañeros se queden impresionados y algunos la miren, molestos por el susto que les dio.

—¡¿Cómo puedes dormir así?! —Alexander la regaña con cierto grado de enfado cuando realmente está sorprendido.

—Bueno muchachos, creo que esto ha sido una pérdida de tiempo. —La púas fueron retiradas y las cuerdas que sujetaban a los jóvenes fueron cortadas, provocando que se golpearan la cabeza contra el suelo.

—No entiendo por qué hiciste esto —Gabriela se quita lo que queda de la cuerda y se pone de pie— Solo queríamos hablar contigo, así tal vez podríamos ser amigos.

Esto último ya no parece gustarle a Misterio. Más bien, hace que su ira hacia ellos crezca.

—Escucha bien, no estás aquí para tomar té o hacer pulseras de la amistad. De hecho, ya no puedo decir que estén aquí para entretenerme porque cada día me parecen más aburridos. Así que no

AGONIA

se sorprendan si alguno de ustedes amanece colgado. Lo único que necesito de ti podría tomarlo en cualquier momento porque no soy tu padre... y mucho menos tu amigo.

Capítulo 15

Los jóvenes estaban dispuestos a superarse en el reto de hoy, sin embargo nunca se sabe lo que puede pasar estando dentro de la mansión.

«Que sueño, ¿Qué hora es? Ya no importa. Todo está muy oscuro así que supongo que todavía es temprano.

—Creo que debería ver como están los demás —Un minuto, ¿por qué no puedo moverme? Es como si estuviera en un ataúd. Esto ya me está poniendo nerviosa.

No escucho a nadie, lo único que puedo distinguir es el sonido del reloj. Será mejor que me calme, debo seguir dormida y todo esto es una simple pesadilla o una de esas parálisis del sueño con las que me asustaba mi tía», pensó Elizabeth.

Mientras tanto, Alexander apenas está comenzando a entender lo complicado de su situación.

—Hola, ¿hay alguien aquí?

«Ya no sé si estoy asustado o confundido. No veo nada y solo puedo escuchar a mis compañeros haciendo las mismas preguntas. Esto es

AGONIA

tan raro que no cabe duda de que se trata de uno de los retos de ese loco, sin embargo le agradezco el detalle del agujero para respirar. De todas formas, ¿Cómo nos ató y nos metió en estas "cajas"? Si es que se les puede decir así. Supongo que no lo sabré hasta que aparezca. Al menos Annabelle no está aquí porque estoy seguro de que no resistiría tanto tiempo estando aquí adentro.

Conozco esa risa, es la risa que me persigue desde el día que pisamos este sitio. No es nadie más que Misterio, ese bastardo tiene mucho que explicar.

—Lo veo y no lo creo —conociéndolo, seguro que esto va más allá de simplemente estar dentro de una caja—. Hasta que por fin despiertan.

—Ya entienden más o menos de lo que va este reto, sólo necesitan saber que dentro de esos cofres hay unas llaves con las que podrán salir. Y será mejor que no se asusten o esto no acabará bien... para ustedes, claro.

A pesar de estar aquí adentro, pude escuchar esa estúpida risa otra vez. Ya me tiene harto».

—Ahora sí. ¡Comiencen a buscar, mis conejillos de indias!

Para Ámbar, esta situación es un caos total. Pero aún así intenta llevar las cosas de la mejor forma posible.

«No lo puedo creer. Me esperaba literalmente cualquier cosa menos esto. Casi no puedo moverme y ahora tengo que buscar una llave, que bonita forma de empezar el día. Con tanto movimiento la puerta podría abrirse de golpe, pero ojalá fuera así de fácil. Sea de lo que sea que estén hechas estas cosas, debo admitir que son muy resistentes.

Ya no soporto estar aquí; es muy incómodo, no puedo ver nada y creo que hay algo en el techo, porque cada vez que alzo una de mis manos y la vuelvo a bajar, aparece llena de arañazos. Soy una pendeja, ¿por qué no me muevo más despacio y listo?. Espera, siento algo detrás de mi espalda. Trataré de dar la vuelta para ver si es mi boleto para salir de aquí. No lo puedo creer, ¡Es la llave! Y a la primera».

Ámbar finalmente encontró la llave, y con dificultad acaba de salir del cofre. Sin pensarlo dos veces, se dirige a uno de los cofres y trata de abrirlo con su llave. Esto no hace otra cosa más que sacarle una carcajada a Misterio.

—¿En serio creíste que no tomaría eso en cuenta? Será mejor que te sientes querida y disfrutes del espectáculo. —Con sus ilusiones rotas, Ámbar le hace caso a Misterio y se sienta en el suelo. Pero no encuentra nada divertido en ver como los cofres se mueven sin parar mientras escucha como sus compañeros buscan la llave.

Los minutos pasan hasta convertirse en agonizantes horas. Pero, ya son varios los jóvenes que con suerte salieron de aquellos cofres. Pero todavía quedan algunos, entre ellos están; Manuel, Gabriela, Michael y Brayan. Es muy complicado para ellos ver allá dentro, y también se les hace casi imposible moverse. Causando que ellos se autolesionen de forma inconsciente. Pero eso no supera su deseo de libertad. Aunque el movimiento no es lo único que los preocupa, porque solo tienen un agujero para respirar y esto no les da mucho oxígeno, por lo que tratan de no moverse tanto para evitar sofocarse.

AGONIA

Esta sensación es similar a estar dentro de un auto caliente con las ventanas casi cerradas.

Y en contra de todas las expectativas, Gabriela, Mike y Brayan han logrado salir prácticamente ilesos. Eso deja a Manuel como el último en salir de su cofre.

Lejos de ese caos y desesperación, Misterio observa atentamente. Lo disfruta tanto como a otros al ir al cine.

«Tan solo ver sus caras me repugna. Sigo sin entender cómo es que siempre logran escapar, tal vez tenga que intensificar las cosas. Mm m... parece que Manuel no puede salir. Es tan tonto que ni siquiera puede encontrar la llave. Veo que empezó a forcejear la puerta, pero se lo dejaré pasar porque es realmente satisfactorio ver como se queda sin aire».

—¡Ayuda! ¡Que alguien me saque de aquí, por favor!

—Sabía que tarde o temprano se iba a romper —dijo para sí mismo.

—Pobre Manuel... no debiste decir eso.

Lo que está en la parte de arriba de los cafres es en realidad una placa de acero que Misterio acaba de accionar. Haciendo presión sobre el cuerpo de Manuel y aplastándolo como si estuviera hecho de plastilina. Sus gritos, combinados con los de sus compañeros, solo le hacen más gratificante el momento. Se pueden apreciar las caras aterradas del grupo, reflejadas en el charco de sangre que sobresale del ataúd.

—¡Maldito infeliz, cómo te puede dar risa esto?!

«Oh Nicole, tan sensible como siempre», pensó Misterio.

—Al igual que Annabelle, él sabía muy bien cuáles eran las reglas. No es mi responsabilidad que él haya sido un cobarde que no respetara eso.

—Algún día te haremos pagar por lo que les hiciste.

«Elizabeth es tan graciosa... como me gustaría verlos intentarlo»

—Bueno, le agradezco a Manuel por su querida contribución, y a ustedes por mantenerme tan entretenido. Buenas noches muchachos.

•• <<————«•° Más tarde °•» ————>> ••

El reloj ha marcado las dos y media de la mañana en la casa de la abuela de Manuel. La tranquilidad del ambiente se ve interrumpida, debido a que alguien acaba de llamar a la puerta. Este hecho capta la atención de la Abuela de Manuel, quien se dirige a abrir la puerta con un aire de intriga.

—Me pregunto quién puede ser a esta hora. —La anciana, al abrir la puerta, encuentra un pastel de carne y lo recoge pensando que debe ser el regalo de alguno de sus viejos amigos.

—¿Quién era, mamá? —preguntó desde el sofá.

Su hijo mayor la mira y le pregunta por el pastel, a lo que ella solo se limita a decir que es un regalo y le ofrece un poco. Al escuchar un sí de parte de su hijo, ella corta dos trozos y se sienta nuevamente en el sillón a comer dicho postre mientras ven un programa de televisión. Pasadas unas horas, su hijo ahora está en la cocina para limpiar su plato, pero se da cuenta de que hay una nota pegada a la caja del pastel.

«¿Sabe bien, cierto? Manuel le da un toque especial»

Capítulo 16

¿Crees que deba hacerlo? —Brayan se encuentra en el dormitorio junto con Jackson para discutir un asunto pendiente.

—Bueno, no sabemos qué día vamos a terminar como Manuel y Annabelle. Así que si, será mejor que lo hagas lo más pronto posible.

—Tienes razón, hoy es el día.

Decidido y lleno de confianza, Brayan baja las escaleras acompañado por Jackson. Los demás no les prestan mucha atención y siguen con lo suyo. A solo unos metros de llegar a su destino, los nervios del joven hacen que su corazón empiece a latir con fuerza. Incluso está pensando si debe retirarse y no hacer nada o seguir adelante. Él optó por la segunda opción y ahora se encuentra cara a cara con Alexander.

—Oh, hola chicos.

—Alex, yo...

—Saludos muchachos.

—¿Te gusta interrumpir, cierto? —le pregunta Brayan totalmente ofendido.

—No te voy a mentir muchacho, me encanta —una sonrisa enorme y siniestra se forma en su cara—. Ahora, ¡que comience el reto!

Sin ningún tipo de contexto, la sala principal se ha quedado a oscuras. Y ahora, cada uno se encuentra en una habitación diferente. Apenas si alcanzan a ver algo, están aterrados y muy confundidos. Intentan mirar a un lado y no hay nada, miran para otro, y tampoco hay nada. Cualquier cosa podría estar escondida y lista para sorprenderlos.

Nicole no soporta la curiosidad y es la primera en pedirle a Misterio una explicación.

—El día de hoy va a enfrentarse a sus peores miedos. Y las pesadillas también son bienvenidas.

—Te equivocas, yo no le temo a nada! —afirma Elizabeth con total seguridad en sus palabras.

—Eso ya lo veremos querida —le responde misterio con un tono retador—. ¡Ahora, denle la bienvenida a sus pesadillas!

Elizabeth

Me pregunto cuál será mi miedo según ese tipo. Por ahora aparecí en un cultivo de trigo, pero por más que lo intento no logro ver nada más que eso. Y bueno, estoy caminando para ver si encuentro algo más.

Espera, ¡este lugar está temblando! Dice que hay que mantener la calma, pero es difícil cuando acabo de ver como el suelo se abre y el trigo cae dentro. Lo peor es que me estoy quedando sin espacio para

AGONIA   103

huir. Ya no sé si estoy temblando por el miedo o por el terremoto, pero de lo que sí estoy segura es de que esto no acabará bien.

—¡¿Pero qué?!

Ahora estoy nadando en el océano. Estoy intentando buscar algo en que apoyarme pero no puedo sentir nada. Parece que tendré que seguir buscando. Por desgracia no puedo abrir mis ojos cuando nado, así que estoy vulnerable, ¿Qué pasa si algo aparece y me arrastra hasta el fondo?. Por si fuera poco, hay unas estúpidas olas que no me dejan llegar a la superficie: Es una tras otra con apenas unos segundos de diferencia, que me fuerzan a volver al fondo. Esto tampoco me ayuda a avanzar y creo que no voy a ningún lado. ¡¿Dónde está la condenada orilla?!

Alexander

Okey, no sé qué está pasando, y tampoco quiero romperme la cabeza tratando de averiguarlo.

Al parecer estoy en una especie de selva y ¿Acaso eso de ahí es una s-serpiente?. No tengo nada que temer, por lo menos está lejos de mi, y si no la molesto estoy seguro de que no me hará nada. Trataré de relajarme y seguir adelante porque mi corazón va a mil por hora y creo que si me topo con otra serpiente me va a dar un infarto.

Las cosas parecen estar mejorando para mí porque me hubiera caído si no fuera por la rama de este árbol.

Un momento... ¡Esto no es una rama!

Brayan

No se como, pero ahora estoy de vuelta en la ciudad. Me alegra estar aquí, aunque parece estar desierta, y tiene esa típica pero escalofriante niebla que veo en las películas. Nunca pensé que estas cosas pasarían en la vida real.

Voy a seguir caminando para ver si tengo la suerte de encontrar a alguien por aquí, porque para ser sincero, me estoy comenzando a asustar. Por suerte, acabo de ver que alguien está parado más adelante. Tal vez me ayude a saber qué está pasando.

Brayan se acerca y le toca el hombro.

—Oye, ¿sabes qué pasó aquí?

—Sí... —A pesar de contestarme casi en un susurro, pude identificar su voz. ¡No es nadie más ni nadie menos que Alex!

—¡Ay! Que bueno que te encontré, por poco pensé que me quedaría solo.

—Y lo estarás...

—¡¿Qué?!

Y así va el resto. Algunos con miedos tan comunes como el miedo a la oscuridad, y otros con auténticas pesadillas como ser cortado vivo o que alguien te persigue para matarte. Michael no duró mucho allá dentro, ya que él siente pánico al ver sangre. Y desafortunadamente le tocó una habitación cubierta de ella, lo que le causó al principio una falta de aliento acompañada con mareos, y posteriormente un desmayo por el susto.

—Solo hay dos formas de salir de esos lugares: enfrentando sus miedos y salir completos o dejarse llevar y terminar como sus antiguos compañeros. Ustedes deciden. — Por más mala que parezca esta situación, Misterio les está haciendo un bien al traerlos aquí, porque los jóvenes aprendieron a defenderse, a dejar a un lado la tecnología,

AGONIA

y también aprendieron a trabajar juntos. Pero las verdaderas intenciones de Misterio no tienen nada que ver con esto, más bien sería la calma antes de la tormenta. Tormenta que no tarda mucho en llegar.

La primera en salir de su sala es Nicole. Los retos constantes de Misterio le han causado un miedo a la oscuridad, a tal punto de que si se va la luz, ella se altera y a veces llora porque piensa que algo muy terrible le va a pasar cuando menos se lo espere. Provocando que aparezca en una habitación en total oscuridad. Lo peor es que ella no estaba sola, ya que una criatura la espiaba desde las sombras: lo único visible era su gigantesca y escurridiza silueta que rodeaba a la joven. El miedo la iba consumiendo por dentro y estaba a punto de dejarlo todo y entregarse a aquella criatura. Eso hasta que se le ocurrió la idea de convencerse a sí misma de que sus compañeros estaban ahí para protegerla: cerró sus ojos y fue tocando las paredes mientras evitaba las trampas ocultas. Gracias a esta técnica, Nicole pudo llegar hasta la salida y escapar de su infierno. Aunque salió con varios moretones que se provocó tropezando casi todo el tiempo, junto con algunos golpes y arañazos por parte del monstruo.

Alexander

Tranquilo Alex, son solo unas serpientes. Son como gusanos; solo que tienen veneno... son más grandes... y me pueden comer vivo. Rayos, porque dije eso.

—¡Oye amigo! ¿Necesitas ayuda? —La voz de Manuel me sacó de mis pensamientos. No puedo creer que sea él.

—¡No lo puedo creer, estás vivo! —Iba a acercarme para darle un abrazo, pero se está moviendo muy extraño. Su cuerpo no para de temblar.

—Qué pasa Alex, todo en or... — No puedo creer lo que estoy viendo. Hay serpientes saliendo de cada hueco de su cuerpo, incluso hay algunas que están haciendo sus propios huecos para salir. Pero lo que hizo que esté corriendo fue el hecho de ver como una serpiente gigante salía de él. Me está persiguiendo y lo único que puedo usar para ganar tiempo son los troncos y las lianas de los árboles. Logré entrar en una cueva muy pequeña, pero quizás no fue la mejor decisión. La serpiente me tiene acorralado y está tratando de agarrarme con su gigantesca y oscura boca. Sé que en algún momento lo hará, así que mejor le doy un buen uso a estas ramas.

Lo sabía, me atrapó y me tragó vivo. Estoy dentro de su estómago que es más grande de lo que aparenta. Estoy tan aterrado que no me puedo mover, y mucho menos hablar. Pero no me rendiré! Gaby necesita a alguien que la cuide, y no podré hacerlo si esta cosa me come. Acabo de recordar el intento de navaja que hice con las ramas en la cueva, ahora es mi único boleto a la libertad.

Solo tengo que clavarle esto y seré libre, pero entonces ¿por qué no dejo de temblar?. Misterio me tiene justo donde quiere... pero veo que se le olvida que está tratando con adolescentes.

—¡Trágate esto!

¡Lo logré! Me tardé mucho, pero por fin lo logré. Con mi mano temblorosa, puede ir rasgándole su abdomen hasta abrirlo, matando

AGONIA

a la serpiente en el proceso. Ojalá lo hubiese grabado para mostrarles a Gaby y a Mike lo valiente que fui.

Brayan

¡No puedo escapar! A donde sea que vaya, él me persigue. Algo que me incomoda más que el hecho de que me persiga es su cara: Sus ojos están vacíos, su piel se parece a la de un muerto, y su sonrisa complementa su expresión diabólica y siniestra. Pero lo peor de todo son los insultos y las burlas que me lanza a cada rato. Esto no es real, quiero pensar que no lo es. Aunque cada uno de sus insultos me duele porque no sé si es lo que el verdadero Alex piensa de mí. ¿O quizás esté equivocado?

Ya me acorraló, estoy en un callejón sin salida. Lo digo literalmente, es un sucio y feo callejón. Él está acercándose y no para de insultarme y menos deja de poner esa horrible cara.

—¿Vas a llorar? —Está muy cerca y no para de flotar alrededor de mis oídos—. Adelante, llora como todo marica que eres... ¿Por qué no me das un besito? —Ese idiota no para de reírse, pero ya no me puedo contener.

—¡¡¡YA CÁLLATE!!!

No puedo creer lo que acabo de hacer. Alex está tendido en el suelo por el puñetazo que le di. Sé que es solo una versión diabólica de él, pero no puedo evitar sentirme mal al verlo así.

No debo, no es correcto. Pero qué más da.

Antes de irse, Brayan le da un abrazo a su agresor en señal de disculpa. Luego de eso, no se atrevió a mirar atrás.

•• <<———≪•°□°•≫———>> ••

Al igual que Brayan y Alexander. Sus amigos han podido salir casi ilesos de aquellas trampas, aunque algunos quedaron más aterrados y traumatizados que antes. Y lo más extraño para ellos, es que cada vez que alguien salía, aparecía directo en la sala principal. Pero a otros no les parece importarle con tal de salir de aquel sitio.

Ahora Brayan se encuentra en la esquina de siempre junto con su amigo Jackson. Quien no dudó ni un segundo en contarle todo lo que tuvo que pasar allá dentro, desde luego, Brayan no se quedó atrás y también le dijo lo que pasó con él.

—Entonces ya no sé si quiero volver a intentarlo —concluye Brayan con su anécdota—. ¿Qué tal si pasa como en la simulación?

—Bueno, nunca lo sabrás si no lo intentas.

—Tienes razón, lo intentaré otra vez pase lo que pase.

Brayan se arma de valor gracias a las palabras de su amigo. Aún con algunas dudas y hecho un manojo de nervios, se dirige hasta el lugar donde se encuentra Alexander conversando con los demás jóvenes, lo que pone aún más nervioso a Brayan. Pero ya está frente a él y ya no hay vuelta atrás.

—Oye, ¿recuerdas lo que te dije antes? ¿Qué algún día encontrarías a alguien que te ame tanto como tú amas a Gabriela?

—Desde luego, ¿por qué?

—Bueno, esa persona... —voltea a ver a su amigo quien le da un pulgar arriba en señal de apoyo—. Soy yo.

—No se que decirte... —Brayan se queda esperando ansioso a que él le diga lo mismo, y ese entusiasmo es más que evidente en el resto de los jóvenes que también están esperando la respuesta de Alexander

AGONIA

—Mira, es muy increíble saber que me protegías por amor y no por lástima, pero... sabes que mi corazón le pertenece a Gabriela, y no dejaré de luchar por él hasta el final.

—Lo entiendo —Con su corazón roto, Brayan se da vuelta y se aparta de él mientras una pequeña lágrima se asoma en su penoso rostro—. Espero que hagan una feliz pareja...

Capítulo 17

¿Todo en orden? —Elizabeth le da un vistazo a su alrededor luego de ver cómo está Brayan. Y es que desde que hicieron el reto de los cuartos, la mayoría no ha querido hablar tanto como antes, a pesar de que ya pasaron tres días.

—Que te digo —responde Jackson—. Éste sigue con el corazón roto, y el otro no para de decir que vio a Manuel.

—No hables por mí, ya lo estoy superando —dijo Brayan.

—Ah, ¿sí? ¿Y por qué no vas a hablarle? —preguntó Jackson.

—Bueno, es que sigue siendo un poco complicado para mí.

—Ya veo... —agregó Elizabeth.

—Quédate aquí, veré como está Ámbar —dijo Jackson.

La ausencia de Manuel ha dejado un gran vacío en sus compañeros, quienes a falta de su orientación ya no son capaces de mantener la calma en la mayoría de los casos. A pesar de que no estaba muy presente, para ellos era un buen líder. Incluso llegó a estar ahí para cada uno, poniendo a los demás antes que él. Pero ahora los jóvenes

AGONIA

111

ya no tienen a esa persona que los ayude, y algunos están empezando a perder las esperanzas de ser rescatados de este infierno.

—Saludos muchachos —Misterio actúa como si nada hubiera pasado, porque él no le da mucha importancia a ese tipo de cosas—. Me imagino que ya se presentaron, ¿O es que todavía no ha llegado el momento?

—¿De qué estás hablando? —le pregunta Taylor.

Durante unos minutos, la mansión se quedó con un silencio sepulcral, y los jóvenes tratan de averiguar qué es lo que Misterio quiso decir con eso. Cada palabra que dice tiene un doble significado, y ellos lo tienen bastante claro. El silencio curioso pronto se convierte en una serie de murmullos y preguntas directas hacia Misterio, quien llega a un punto en el que le parece irritante y decide continuar.

—¿Recuerdan a su amiga del juego de las escondidas?

—Como olvidarla —Michael mira a su alrededor y ve que sus compañeros lo miran como si estuviera enamorado—. No sean tontos.

—Bueno, ella ha regresado, y uno de ustedes la tendrá como su huésped —Los jóvenes se miran nerviosos entre ellos al escuchar eso—. Pero ella ha regresado para acabar con la vida de uno de ustedes, y solo tienen hasta el anochecer para detenerla.

—Y si por razones del destino logran dar con el sospechoso, les dejo una cuerda. —Una sonrisa maliciosa se hace presente en su rostro—. Pero está escondida, así que también tendrán que buscarla.

—¡Eres un hijo de puta! —exclama Taylor.

—No sabía que éramos hermanos. —A Taylor no le llevó mucho tiempo entender lo que dijo, y se rehúsa a escuchar otra palabra de él.

Luego de unos minutos, los jóvenes acordaron dividirse en grupos como mejor saben hacerlo. Cinco de ellos están buscando la cuerda, y los otros cinco se encargan de vigilarlos mientras se vigilan entre sí para averiguar dentro de quién está el fantasma.

Debido a la cantidad de tiempo que llevan sin verla. Muchos de ellos ni siquiera recuerdan su apariencia, y su nuevo disfraz no les hace la tarea fácil.

—Oye... —Nicole se le acerca a Mike—. Te veo muy relajado a pesar de lo que nos dijo Misterio hace un rato.

—Bueno, mires por donde lo mires esto no deja de ser un pequeño respiro. Digo, comparándolo con lo que hacemos todos los días... —Nicole no deja de verlo como un sospechoso, y eso Mike lo tiene más que claro, ya que su mirada la delata.

—Les aseguro que no tengo nada —alega frustrado porque siente que ella no le está haciendo caso—. Si buscas a un sospechoso, Javier ha estado muy callado estos últimos días.

—Creo que tienes razón —En cuanto Mike se va, Nicole llama discretamente a Elizabeth—. Quiero que estén pendientes de ellos dos.

Los jóvenes finalmente encontraron la cuerda, pero no fue nada fácil. Esta se encontraba en el tercer piso, dentro de uno de los montones de armarios que tiene la mansión. Los demás siguen investigando para ver si encuentran algo. Pero por lo que dijo Mike, los muchachos le están prestando más atención a Javier porque su comportamiento silencioso levanta muchas sospechas, y tampoco hace nada para que piensen lo contrario.

AGONIA

—No puedo creer que lo único que se vea mal aquí sean nuestras habitaciones —dice Brayan para sí mismo.

Horas pasan y el tiempo se les está acabando, incluso se plantean el viejo truco de preguntarse cosas que solo la verdadera persona sabía. La mayoría pasan la prueba con éxito y los últimos que faltan causalmente son Mike y Javier. A Mike no le fue tan mal, sobre todo porque Alex al ser su hermano era el más indicado para saber si lo que decía era cierto. Pero ahora están dudando con Javier, porque ninguno de ellos es tan cercano a él como para preguntarle cosas tan exactas. Pero no todo está perdido porque Taylor tiene un truco bajo la manga.

—Oye, Javier —Javier se arregla y la mira un poco confundido— ¿Qué opinas de Jackson?

—Bueno, pienso que es un buen compañero y...

—¡Te descubrimos! —exclama Taylor mientras lo apunta— El verdadero Javier nunca diría algo bueno sobre él.

Con eso dicho, sus compañeros agarran a Javier. Aunque no fue fácil para ellos porque él se resistía. Lo sentaron en una silla y entre cuatro personas lograron atarlo. Aunque hay algunos que no parecen estar muy convencidos porque Javier no para de gritarle a los cuatro vientos que es inocente. Aunque ya no les quedan más sospechosos y Javier está más raro de lo normal. En todo el tiempo que han estado buscando la cuerda y al fantasma, él se mostraba un poco nervioso, como si estuviera ocultando algo.

—¡Tiempo fuera muchachos! —Estaban—Todo en orden?

—Elizabeth no puede evitar darle un vistazo a su alrededor, luego de ver cómo está Brayan. Y es que desde que hicieron el reto de los cuartos, la mayoría no ha querido hablar tanto como antes, a pesar de que ya pasaron tres días.

—Que te digo —responde Jackson—. Este tiene el corazón roto, y el otro no para de decir que vio a Manuel.

—No hables por mí. Ya lo estoy superando —dice Brayan.

—Ah, ¿sí? ¿Entonces por qué no vas y le hablas? —pregunta Jackson.

—Bueno, es que... Sigue siendo un poco difícil para mí.

—Ya veo... —agregó Elizabeth.

—Quédate aquí, veré como está Ámbar. —Jackson se apartó del grupo.

La ausencia de Manuel, ha dejado un gran vacío en sus compañeros, quienes a falta de su orientación, ya no son capaces de mantener la calma en la mayoría de los casos. A pesar de que no estaba muy presente, para ellos era un buen líder. Incluso llegó a estar ahí para cada uno, poniendo a los demás antes que él. Pero ahora los jóvenes ya no tienen a esa persona que los ayude, y algunos están empezando a perder la esperanza de ser rescatados de este infierno.

—Saludos muchachos —Misterio actúa como si nada hubiera pasado porque él no le da mucha importancia a ese tipo de cosas—. Me imagino que ya se presentaron, ¿O es que todavía no ha llegado el momento?

—¿De qué estás hablando? —le pregunta Nicole.

Durante unos minutos, la mansión se quedó con un silencio sepulcral, y los jóvenes tratan de averiguar qué es lo que Misterio quiso

AGONIA

decir con esto. Cada palabra que dice tiene un doble significado, y ellos lo tienen bastante claro. El silencio curioso pronto se convierte en una serie de murmullos y preguntas directas hacia Misterio, quien llega a un punto en el que le parece irritante y decide continuar.

—¿Recuerdan a su amiga del juego de las escondidas?

—Como olvidarla —Javier mira a su alrededor y ve que sus compañeros lo miran como si estuviera enamorado—. No sean tontos.

—Bueno, ella ha regresado, y uno de ustedes la tendrá como su huésped. —Los jóvenes se miran nerviosos entre ellos al escuchar eso—. Pero ella ha regresado para cobrar su venganza y acabar con la vida de uno de ustedes, y solo tienen hasta el anochecer para detenerla.

—Y si por razones del destino logran dar con el sospechoso, les dejo una cuerda. —Una sonrisa maliciosa se hizo presente en su rostro—. Pero está escondida, así que también tendrán que buscarla.

—¡Eres un hijo de puta! —exclama Taylor.

—No sabía que éramos hermanos.

A Taylor no le llevó mucho tiempo entender lo que dijo, y se rehúsa a escuchar otra palabra de él.

Luego de unos minutos, los jóvenes acordaron dividirse en grupos como mejor lo saben hacer. Cinco de ellos están buscando la cuerda, y los otros cinco se encargan de vigilarlos mientras se vigilan entre sí para averiguar dentro de quién está el fantasma.

Debido a la cantidad de tiempo que llevan sin verla, muchos ni siquiera recuerdan su apariencia, y su nuevo disfraz no les hace la tarea más fácil.

—Oye... —Nicole se le acerca a Michael—. Te veo muy relajado a pesar de lo que nos dijo Misterio.

—Bueno. Mires por donde lo mires, esto no deja de ser un pequeño respiro. Digo, comparándolo con lo que hacemos todos los días... —Nicole no deja de verlo como un sospechoso, y a Michael le queda más que claro, ya que ella no es de tener una mirada muy discreta.

—¡Les aseguro que no tengo nada! —alega frustrado porque siente que ella no le está haciendo caso—. Si buscas a un sospechoso, Javier ha estado muy callado estos últimos días.

—Creo que tienes razón.

En cuanto Michael se va, Nicole llama discretamente a Elizabeth.

—Quiero que estén pendientes de ellos dos.

Los jóvenes finalmente encontraron la cuerda, pero no fue nada fácil: Ésta se encontraba en el tercer piso, dentro de uno de los tantos armarios que tiene la mansión. Todo gracias a que Misterio arregló los cuartos para darles acceso libre durante el reto. Los demás siguen investigando para ver si encuentran algo. Pero por lo que dijo Michael, los jóvenes le están prestando más atención a Javier, bajo el argumento de que su comportamiento silencioso levanta muchas sospechas, y él tampoco hace nada para que piensen lo contrario.

—No puedo creer que lo único que se vea mal aquí sean nuestras habitaciones —dice Brayan para sí mismo.

Horas pasan y el tiempo se les está acabando, incluso se plantean el viejo truco de preguntarse cosas que solo la verdadera persona sabía. La mayoría pasan la prueba con éxito y los últimos que faltan causalmente son Michael y Javier. A Michael no le fue tan mal,

AGONIA 117

sobre todo porque Alexander, al ser su hermano, era el más indicado para saber si lo que decía era cierto. Pero ahora están dudando con Javier, porque ninguno de los que están con él es tan cercano como para preguntarle cosas tan exactas. Pero no todo está perdido porque Taylor tiene un truco bajo la manga.

—Oye, Javier —Javier se arregla y la mira un poco confundido— ¿Qué opinas de Jackson?

—Bueno, supongo que intenta ser agradable y yo...

—¡Te descubrimos! —exclama Taylor mientras lo apunta—. El verdadero Javier nunca diría algo bueno sobre él.

Con eso dicho, sus compañeros agarran a Javier. Aunque no fue fácil para ellos porque él se resistía. Lo sentaron en una silla y entre Brayan, Michael, Alexander y Elizabeth lograron atarlo.

—No es nada personal —le dijo Brayan mientras hacía el nudo.

Sin embargo, hay algunos que no parecen estar muy convencidos porque Javier no para de gritarle a los cuatro vientos que es inocente. Aunque ya no les quedan más sospechosos y Javier está más raro de lo normal. En todo el tiempo que han estado buscando la cuerda y al fantasma, él se mostraba nervioso y algo tenso, como si estuviera ocultando algo.

—¡Tiempo fuera muchachos! —Estaban tan enfocados en Michael y Javier, que no se dieron cuenta de que ya anocheció—. Veo que han capturado al sospechoso con una de las pruebas más mediocres que haya visto.

—¡Te aseguro que es él! No ha parado de deambular silenciosamente por toda la mansión, y se mostró muy amable cuando le preguntamos acerca de Jackson. —Nicole parece muy segura de lo que dice al igual que sus compañeros.

—Bueno. Si lo que dicen es cierto, no hará daño ponerlo a prueba...

Misterio hizo un chasquido e inmediatamente las luces se apagaron. Los jóvenes, por más asustados y nerviosos que estén, no piensan apartarse de Javier, quien siguen pensando que es el que va a atacar. La luz ha regresado y de inmediato empezaron a hacer un conteo de cabezas para ver quien o quienes faltaban, dándose cuenta ahora de que Ámbar y Jackson no están con ellos.

En seguida, Michael les avisa que escuchó los gritos de Ámbar en la parte de arriba. Ellos se dirigen sin dudarlo hacia allá y ven con horror como el cadáver de su amiga cae del techo: El vientre abierto, exponiendo sus órganos internos; rasguños en la ropa y la piel, y una expresión de horror que le puso la piel de gallina a todos los presentes.

Unos segundos después, Jackson también aparece, pero con manchas de sangre en cara y brazos, junto con una mirada vacía y una sonrisa inquietante, bastante similar a la que vio Brayan en el reto de los cuartos. Antes de que alguien pudiese decir algo, su rostro volvió a la normalidad, indicando que el espíritu salió, y dejando a Jackson inconsciente en el suelo.

Inmediatamente los llevan a la sala principal y desatan a Javier, que tras ver lo que ocurrió, se desmorona por completo al enterarse de que mataron a esa persona con la que compartió casi toda su vida.

—Quisiera decir que hicieron un buen trabajo pero... —no pudo evitarlo y soltó una pequeña y burlesca carcajada—. Todos sabemos que no fue así.

AGONIA

—¡Disfrutaré cuando te tenga cerca maldito! —le gritó Javier a Misterio con tanta rabia como tristeza sosteniendo el cadáver de su amiga.

—Bueno, me encantaría quedarme en el funeral, pero tengo asuntos más importantes que atender. —La forma tan descarada con la que dijo esa frase, hizo que más de uno estalle de ira e impotencia—. Le agradezco a Jackson y Ámbar por su querida contribución y al resto les deseo una terrible noche.

•• <<————≪•° En casa de los padres de Ámbar °•≫————>> ••

Son las dos y cuarenta y cinco de la madrugada y la señora San Demetrio se dirige a su habitación en compañía de su esposo luego de una noche de películas. Ella es la primera en llegar a la entrada y nota que está muy oscuro, por lo que empieza a tantear la pared, totalmente cansada en busca del interruptor para poder ponerse la bata y descansar. Pero al momento de encender el bombillo, ella y su esposo son testigos de una escena tan espantosa que incluso provocó un grito de parte de su marido, y que el estómago de ambos se retuerza.

Ámbar está colgada en la pared con sus órganos simulando ser accesorios de ropa. Sus ojos están completamente vacíos y tiene una sonrisa que resulta aterradora combinada con el ambiente frío y siniestro.

Totalmente traumada, la mujer se percata de un papel en una de las manos de la joven. El mensaje está impreso y parcialmente decorado con pequeñas gotas de sangre. Ella se lo pasa a su esposo quien lee en voz alta lo siguiente:

«¿Les gusta mi nuevo look?»

Capítulo 18

Hoy el ambiente está plagado de sentimientos de ira y tristeza. Los jóvenes han estado pasando por una etapa muy dura, pero Misterio ya les advirtió que las cosas eventualmente terminarían de esta forma.

Cuando Jackson recuperó la conciencia, ninguno de sus compañeros fue lo bastante valiente como para contarle lo que sucedió anoche. Pero Jackson no dejó de insistir, no iba a descansar hasta descubrir por qué Ámbar no estaba. Es por eso que hoy sus amigos están listos para conversar y aclarar las cosas de una buena vez.

—Jack, esto es algo muy difícil de explicarte... —dice Brayan sentándose a su lado.

—Ya déjense de rodeos, quiero saber quien fue el imbécil que mató a Ámbar.

—Bueno, ese "imbécil" fuiste tú —A Brayan se le hace un nudo en la garganta al ver como el rostro de su amigo palidecía—. Pensamos que el culpable era Javier porque para nosotros tú ya estabas libre de sospechas, pero parece que ese fantasma se las arregló para engañarnos.

En la cabeza de Jackson no cabe que él fuera el responsable. Lleno de lágrimas, subió tan rápido como pudo hasta la habitación. Incluso parece más afectado por la muerte de Ámbar que Javier, que se quedó callado, mirando al suelo. Sus compañeros le preguntan a Brayan sobre el comportamiento de Jackson, porque les sorprende verlo tan conmocionado por primera vez. Brayan le confiesa a sus compañeros que Jackson estaba enamorado de ella y que pensaba declararle su amor después de terminar el desafío de ayer. Incluso agrega que les veía un buen futuro juntos, porque se notaba que ambos tenían buena química, aunque no fuera obvio a simple vista. Javier parece entenderlo, sabe que Ámbar, a pesar de ser un poco reservada, puede agradarle a cualquiera. Aunque no se esperaba que le agradara tanto a Jackson.

Los minutos pasan y Brayan siente que es el momento adecuado para subir y hacer lo que mejor sabe hacer, animar a la gente. Subió para darle fuerzas a su amigo y sus compañeros decidieron explorar lo más que puedan la mansión hasta que Misterio haga su aparición, dejando a Javier totalmente solo. Ignorando lo que le había pasado a Gabriela, él decide dormir para despejar la mente.

Logró conciliar el sueño relativamente rápido y apareció en la mansión. Pero algo que le llama la atención es que ésta parece ser una versión alterna, donde todo está descuidado y mal iluminado: no hay nada ni nadie a su alrededor más que el polvo flotando en al ambiente. Él intenta ser cauteloso y explorar con pasos lentos, pero de pronto

AGONIA

escucha la voz de Misterio. Está intentando mirar a su alrededor pero no consigue verlo.

—¡¿Qué quieres?!

—Tranquilo, vengo en son de paz. —Al escuchar esto, Javier baja la guardia lo suficiente como para aflojar la mano que estaba formando un puño—. ¿Por qué no te sientas? Te noto algo tenso.

Sin oportunidad de reaccionar, un mueble se desliza hasta llegar a Javier. Pero desde que se sentó, el mueble desapareció, dejando que el joven cayera sentado en el suelo, provocando una carcajada por parte de Misterio. Javier ya está totalmente frustrado, así que después de levantarse, decide ver qué es lo que quiere.

—Si fuera tú, no apartaría los ojos de Jackson...

—¿Por qué lo dices?

—Me pareció muy extraña la forma en la que él reaccionó ante la muerte de tu amiga, hasta me atrevería a decir que fue sobreactuada. Además ¿No te pareció raro que se pasara toda la noche junto a ella?

—Supongo que sí. No lo vimos hasta que finalizó el reto.

—Tampoco dijo nada cuando te estaban tachando de sospechoso. Así que... creo que solo te utilizó como distracción mientras buscaba la forma de llevarse a tu querida amiga sin que nadie lo viera. Y si te pones a pensarlo con ese contexto, el fantasma solo pudo haberle dado las habilidades que necesitaba, y el resto ya sería cuestión de ser convincente.

—Piénsalo —prosiguió—. No le agradas, ¿cierto? Qué otra forma habría de hacer sufrir a alguien que quitarle lo que más ama. Incluso me sorprende que después de mantenerse tan callado toda la noche, no despertara algunas alarmas entre ustedes. Pero, ¿Qué puedo saber yo si no soy más que un simple espectador?

—¿Y qué hay de Brayan? Él nos explicó la razón por la que actuaba de esa forma, y se le notaba muy convincente.

—Oh muchacho, eres tan imbécil... —Para este punto, Javier ya está nervioso por su respuesta, mientras que Misterio mantiene la calma y continúa sin ningún problema—. A veces los amigos están dispuestos a cubrirse entre sí con tal de mantenerse juntos, y más si hay un asesinato de por medio.

—Creo que tienes razón. Después de todo, no dejan de ser unos extraños.

—Veo que ya lo estás entendiendo. Te lo dejo en tus manos.

Javier se levanta y casualmente sus compañeros acaban de regresar. Ellos le preguntaron si ya se siente mejor, pero la única respuesta que recibieron fue una mirada seria, pero con algo intriga. Algunos no le prestan mucha atención debido a que ya están acostumbrándose a eso, pero Alexander, Michael, Elizabeth y Gabriela si lo hacen y están empezando a preocuparse por él. Sobre todo teniendo en cuenta que acaba de morir su mejor amiga.

Por otro lado. Michael cuestiona el repentino cambio de humor de Jackson y Brayan, que pasaron de estar melancólicos a estar como si nada hubiera pasado. Es como si se olvidaran de todo lo que les pasó últimamente, dejándolos con la misma energía y carisma de antes. A lo que Jackson le contesta que lo que se habla entre ellos, se queda entre ellos. Pero lo que ellos no saben es que ellos dos acordaron que

AGONIA

125

las cosas pasan por algo, y que sería mejor seguir adelante. Haciendo una promesa de que no volverían a hablar de esas cosas otra vez.

•• <<────────≪•° Oficina del detective °•≫────────>> ••

El detective se encuentra en su despacho revisando todo lo que descubrieron acerca del caso de los jóvenes. Incluso sacrifica sus horas de almuerzo para ver si logra avanzar. Acaba de entrar su compañero, el oficial Fernández con algunos documentos que sospecha que podrían ayudarlos.

—Buenas tardes, oficial.

—Saludos, detective. Aquí te traigo los resultados de la autopsia que le realizaron a los jóvenes. Aunque a Manuel no se le pudo hacer una porque, ya sabe... Pero desgraciadamente, el tipo le envió a toda su familia una foto del joven antes de ser mutilado. —Él le pasa los resultados y la foto que el detective procede a revisar con mucho cuidado. Casi al instante, el detective saca las cartas que encontraron junto a los cadáveres y queda totalmente sorprendido, pero mantiene la postura.

—¿Recuerda nuestra teoría, de que tal vez se trate de Misterio?

—Por supuesto.

—Bueno, ya no es solo una teoría —voltea ordenadamente los documentos de manera que el oficial pueda verlos—. Aunque murieron de formas diferentes, puedo notar un patrón. Los tres cuerpos tienen moretones, rasguños, e incluso quemaduras. Todos tienen la ropa igual de maltratada, aparecieron durante la noche en la casa de sus padres, y cada uno tiene ese raro caso de los ojos negros. Y si revisamos los casos de las víctimas anteriores, todo parece encajar.

—Hummm... ¿Cree que eso último lo haya hecho con alguna sustancia?

—Lo dudo, la única sustancia capaz de hacer eso es la Clorina e6. Pero aparte de ser algo difícil de conseguir, el informe toxicológico no mostró señales de ella en ninguno de los chicos.

—De acuerdo, entonces lo dejo seguir con lo suyo. Me acaban de llamar por un caso de pelea doméstica.

•• <<————≪•°□°•≫————>> ••

Misterio apareció y lejos de burlarse de ellos, les pregunta si tienen hambre. Esto obviamente levanta sospechas entre los jóvenes, y luego de pensarlo un poco, algunos le confiesan que tienen mucha hambre. Sobre todo porque ninguno pudo cenar ni tampoco desayunar. Misterio está emocionado por su respuesta y les contesta que de casualidad el reto de hoy es acerca de comida, pero que se tienen que vendar los ojos antes de comenzar.

Los jóvenes obedecen al pie de la letra y en ese momento, Misterio les dice algo curioso.

—¡Esta vez no harán el reto solos porque yo también voy a participar! Pero por obvias razones no estaré con ustedes de manera presencial.

La mayoría se lo toma bastante bien porque esperan que de cierta forma Misterio sufra al igual que ellos, pero Gabriela sospecha que hay algo detrás de todo esto. De todas formas, no hay nada que ella pueda hacer más que sentarse y esperar la señal para empezar con esto cuanto antes. Finalmente, todos están preparados por lo que Misterio procede a dar la señal.

AGONIA

—¿Preparados?... ¿listos?... ¡Pues que empiece el festín!

—¿Alguien me da una mano con esto? —pregunta Elizabeth—, es difícil saber con los ojos vendados.

—Déjame ver... —Elizabeth le pasa aquella cosa a Michael— ¡Elizabeth, esto es una mano!

—Que mala suerte Elizabeth —comentó Jackson con un tono de sarcasmo y procede a comer de su plato—. Qué bueno, me tocaron galletas de chocolate.

—¡JACKSON! —Brayan se aterró al escuchar como la cabeza de su amigo cayó sobre la mesa, y no puedo evitar pensar lo peor. Quiere seguir adelante con el reto, pero no piensa hacerlo hasta saber si su amigo está bien. Así que solo le queda esperar una explicación.

—Interesante... —comenta Misterio analizando la situación— Veo que le han tocado las galletas con somníferos, aunque no esperaba que dieran efecto tan rápido. Pero, ya le hacía falta un descanso, ¿no lo creen? —él no lo puede evitar y se ríe. Y luego de burlarse de él. Misterio procede a comerse el otro platillo que tiene al lado que resulta contener regaliz, pero Misterio no es fanático de este alimento y no duda en soltar una rápida expresión de disgusto.

«Si a Misterio le está tocando buena comida, significa que a mi también me podría tocar algo bueno. Veamos que tengo por acá», pensó Nicole.

El pensamiento erróneo de Nicole la impulsa a comer lo que se encuentra en su plato, sin siquiera detenerse para revisar lo que iba ingerir. Pero no parece preocuparse y mantiene una expresión de felicidad mientras come, algo que llama la atención de algunos de sus compañeros y del único sin los ojos vendados.

—¿Qué estás comiendo Nicole? —le pregunta Taylor a quien le tocaron ancas de rana y por ende se alegra de tener una excusa para dejar de comer.

—No lo sé —sigue comiendo—. Pero me gusta.

—¿Estás segura Nicole? —Misterio esconde sus ganas de reír sin ser demasiado obvio.

—Por supuesto, es muy dulce y jugoso. Creo que es mi nueva comida favorita.

—Humm... Me parece interesante tu peculiar gusto por las cucarachas.

—¡¿CUCARACHAS?! —Nicole suelta de inmediato la cucaracha que estaba a punto de comer y procede a vomitar. Y es que ella no lo sabía, pero en su plato había un total de 10 especies distintas de cucarachas. Un dato que Misterio amablemente resaltó. Incluso algunos estaban riéndose de la pobre desgracia de su compañera en voz baja para no ser escuchados. Salvo Javier, quien pateó a sus compañeros para que se callaran y esperó a que terminara el reto para apoyar a Nicole.

Capítulo 19

El oficial Fernández está relajado en su oficina, revisando algunos casos recientes. Pero el detective acaba de llegar a su oficina con un rostro que refleja lástima y una carpeta en las manos.

—¿Recuerda el equipo de búsqueda que enviamos para el caso de aquellos chicos?

—Sí, ¿Qué pasó con ellos?

—Véalo usted mismo.

El detective le entrega la carpeta que trajo consigo y el oficial procede a abrirla. Pero se sorprendió al ver una foto que muestra a todo el equipo en un avanzado estado de putrefacción, y sus cadáveres formando una gran mano mostrando el dedo medio. El detective menciona que aparte de eso encontraron una carta al lado que decía lo siguiente:

«Buen intento, caballeros. Pero si realmente quieren ver a los muchachos, tendrán que esperar hasta que estén disponibles. Y les sugiero que no vuelvan a intervenir si no quieren ver más de mis obras de arte».

El detective y el oficial permanecen analizando la carta por unos minutos y uniéndose con las demás que fueron encontradas junto a los cuerpos de Annabelle, Manuel y Ámbar, concluyen que probablemente sea la misma persona que les hizo esto. El detective deja todo sobre la mesa y se frustra porque ya no pueden continuar con la búsqueda de los jóvenes. Fernández intenta animarlo diciéndole que según dice la carta los chicos siguen con vida, aunque les será difícil darle la noticia a sus padres.

•• <<————≪•°□°•≫————>> ••

Mientras tanto, en la mansión, los jóvenes están en la sala principal como de costumbre. Algunos hablan del reto de ayer y otros hablan de algunos problemas personales.

—¿Todo bien? —Javier le preguntó a Nicole quien sigue un poco desconcertada por lo que pasó ayer.

—Supongo, pero ahora quiero hacerte la misma pregunta.

—¿A qué te refieres?

—Cuando regresemos de la exploración. Nos miraste con una cara muy extraña, como si te hubiésemos hecho algo. Y además, no querías hablar con nadie durante el resto del día. ¿Hay algo de lo que quieras hablar?

—Mira —se acerca a ella y baja el tono de su voz—. Entre tú y yo, ya no confío tanto en ellos. De hecho, me costó un poco hablar contigo. Y estoy seguro de que Jackson mató a Ámbar a propósito, tal vez buscando lastimarme de alguna manera.

—¡¿Cómo puedes decir eso?! —Nicole está totalmente sorprendida—. Siempre tratamos de ayudarnos unos a otros y en ocasiones nos sacrificamos para que el resto al menos pueda ver las luces de las bombillas un día más. Incluso Annabelle arriesgó su vida para encontrar la forma de escapar. Así que, no te atrevas a volver a decirme qué desconfías de nosotros después de todo eso.

Aunque Nicole se apartó de Javier totalmente ofendida por sus palabras. Él no piensa cambiar su nueva forma de pensar, especialmente cuando se trata de Jackson. En el fondo, todavía piensa que él es inocente, pero después de la charla que tuvo con Misterio, ese pensamiento se vio invadido por una nube de ira y rencor.

Por otro lado, Jackson apenas le guarda rencor. Al principio estaba celoso al verlo con Ámbar porque estaba realmente enamorado y temía que el mito del mejor amigo que se enamora de su mejor amiga fuera una realidad, pero ahora ya no hay nada por lo que tenga que enojarse con Javier porque ella ya está muerta. Y a pesar de que ella murió a manos de él, y que incluso también pensó que fue su propia culpa, Brayan le dejó claro que la verdadera culpa era del fantasma que lo poseía y por supuesto, Misterio. Gracias a eso, Jackson pudo quitarse ese peso de encima, pero sigue con el dolor de que ya no podrá decirle a Ámbar cuánto la amaba.

—¡Saludos muchachos!

«¿Y ahora qué se trae?», pensó Michael, mostrando una clara sospecha.

—Como me divertí mucho ayer, hoy les traigo un juego muy divertido. —Misterio no aguanta la felicidad—. Pero antes de decirles que es, tienen que ir al salón de la puerta número cuatro de la tercera planta.

Ya estando en el lugar. Misterio les dice que formen un grupo de cinco y otro de cuatro. El grupo de cinco irá en el medio mientras que el resto irá detrás de una línea blanca que está a poca distancia de la pared.

—Está bien, iré al centro —dice Alexander caminando hacia esa dirección.

—¡Espera! —Michael lo toma del brazo y lo detiene— Deja que yo vaya al centro. Ve con los demás a la línea blanca.

—¡Uy! Globos de agua. —Gabriela toma uno de los globos que se encuentra en cajas al lado suyo, pero se sorprende porque está caliente. Aunque pensó que tal vez estaban llenos con agua de esa misma temperatura.

—Adelante, lancen uno —insiste Misterio.

—De acuerdo —Elizabeth toma uno—. ¡Ahí te va, Mike!

—¡Espera Eliza...! —Antes de que Michael pudiera terminar la frase, la mano y parte de su antebrazo que usaba para protegerse, hicieron contacto con el globo que liberó una especie de ácido que quemó parcialmente su piel, dejándola semi expuesta. Sus gritos de dolor asustaron aún más a sus compañeros, especialmente a Alexander, que no puede hacer nada al respecto, y solo puede ver cómo su hermano se retuerce de dolor.

—¡¿Pero qué diablos te pasa?! —exclama Elizabeth horrorizada.

—Si, tampoco era lo que esperaba. —Misterio esperaba que el ácido disolviera todo su brazo, pero decide continuar de todos modos, ya que encuentra igual de divertido ver a sus víctimas retorciéndose de dolor.

AGONIA

—Sigan jugando o dejaré caer el resto del ácido. —Aunque la cantidad que tienen los globos no es lo suficientemente poderosa para matarlos –a menos que se los arrojen a la cara–, la cantidad que Misterio está usando para amenazarlos es más que suficiente para disolver incluso los huesos.

Así, con gran pesar, los jóvenes se vieron obligados a continuar lanzando los peligrosos globos a sus pobres compañeros que corren desesperados para evitar siquiera ser tocados por ellos. Algunos no tuvieron tanta suerte y recibieron su dosis, como fue el caso de Elizabeth que por error dejó que uno de los globos explotara en su pierna derecha. Solo está pensando en quedarse en el suelo y retorcerse de dolor, pero tiene miedo de que la bañen con el resto del ácido o de recibir algún otro tipo de castigo, por lo que no le queda más remedio que tragarse su sufrimiento y seguir adelante.

Desafortunadamente para ellos, varios globos no explotaron y se esparcieron por el suelo, convirtiéndose en un nuevo obstáculo para los jóvenes, quienes evitan los globos como si fueran minas de guerra. Los lanzadores no quieren seguir lastimándolos y les gustaría desviar los globos o lanzarlos en direcciones opuestas, pero como Elizabeth, también tienen miedo de ser castigados por Misterio, quien parece muy entretenido con el espectáculo.

Pero no todo es mala suerte porque algunos afortunados como Brayan y Taylor solo fueron salpicados por los globos, lo que significa que no sufrieron quemaduras tan grandes como las de sus otros compañeros. Pero afortunadamente para ellos Misterio acaba de anunciar el final del desafío, para que los jóvenes finalmente puedan descansar y tratar de recuperarse... o eso pensaban.

—Saben... —interrumpe Misterio— Leí que el alcohol es muy bueno para las heridas.

Tan pronto como terminó la oración. Una gran cantidad de alcohol cayó sobre los jóvenes afectados por el desafío. No paran de gritar por el enorme ardor que sienten en sus heridas y tuvieron que recibir la ayuda de sus otros compañeros para salir de la horrible habitación.

Son más de las nueve y toda la mansión está a oscuras. Después de lo que le pasó a Gabriela la última vez que estuvo sola en la sala principal, todos tomaron la decisión de quedarse juntos en los dormitorios. Y no se escucha nada desde la habitación de los chicos donde los únicos despiertos son Michael y Alexander.

—Oye Mike... —Alexander se sienta al lado— Solo quería darte las gracias por cambiar de lugar conmigo antes de que empezara la locura de hace rato.

—No hay de que. Sabes que nunca dejaría que algo malo te pase.

—Pero, ¿Cómo sabías que algo así iba a ocurrir?

—Lo veía venir —dice poniendo más seriedad en sus palabras—. Ya sabía yo que él no planeaba nada bueno. Ahora ve y descansa, mañana nos espera un largo día.

Capítulo 20

Un nuevo día ha llegado a la mansión, recibido con algunas quejas por parte de los jóvenes afectados por el reto de ayer. Taylor está revisando sus heridas en compañía de su hermana Nicole, quien no parece estar muy enfocada en eso. Pero como Taylor está más pendiente de sus heridas parciales, aún no se ha dado cuenta de ese pequeño detalle.

—Tuve mucha suerte de que no me explotara uno en la cara. ¿Verdad, Nicole? —Taylor dirige la vista hacia su hermana al no recibir ningún tipo de respuesta—. ¿Nicole?

—Javier es increíble —dice Nicole con ironía—. No puedo creer que después de tanto tiempo haya dejado de confiar en nosotros.

—Relájate —Taylor pone una mano en el hombro de su hermana—. Estoy segura de que tiene una buena razón para estar así, después de todo, perdió a la única persona que estuvo con él desde el inicio. Tú te sentirías igual.

—No lo sé. Creo que no es justo que se desquite con nosotros cuando el verdadero culpable es Misterio.

—Dale tiempo y verás que se le pasará.

Mientras tanto, en la casa de los padres de Alexander y Michael, su madre encuentra a su marido llorando en el sofá de la sala con el teléfono en la mano. Ella no pierde el tiempo y decide preguntarle a qué se debía esto, a lo que él le responde que lo llamaron del departamento de policía diciendo que iban a cancelar la búsqueda de los chicos hasta nuevo aviso.

Ella ya no puede soportar todo esto y rompe en llanto al lado de su pareja. Y así pasó con los demás familiares de todos los jóvenes. Algunos, como el padre de Jackson, no perdieron el tiempo llorando y más bien enfrentaron al detective diciéndole que su trabajo es mediocre y otras cosas que al detective no le importa escuchar, ya que esto solo es un plan que tiene para que así Misterio piense que le hizo caso, y de esa forma seguir la investigación en secreto. O eso es lo que cree...

En la mansión, los jóvenes siguen hablando de sus problemas mientras esperan el reto. Pero algo no parece ir bien porque Misterio ya se ha tardado mucho en dar señales de vida. Es en este momento que la mansión se acaba de quedar completamente a oscuras. Inquietando al grupo.

Las luces vuelven a cubrir el lugar y los jóvenes ahora se encuentran en el segundo piso frente a las barandillas. Pero eso no es lo único que ha cambiado, porque ahora hay una especie de arena de batalla donde antes estaba la sala.

—¡Saludos muchachos y bienvenidos a The battle for survival! Pero antes de comenzar, conozcamos a nuestros participantes.

AGONIA

De repente, el domo opaco que cubría la arena se abre, y deja expuestos a Javier y a Jackson que recién están recuperando la conciencia. Ambos tienen al lado un par de machetes y se encuentran tan confundidos como el resto de sus compañeros, pero a Misterio claramente no le importa y decide continuar.

—En la vida es importante cerrar ciclos, y qué mejor forma que acabar con la competencia. Es justo ese el objetivo del reto de hoy, y si se oponen, acabaré con la vida de ambos.

—Esto no puede estar pasando, tengo que estar soñando. —dijo Brayan, dejándose caer contra la pared de atrás.

—¡Ja! Estás loco si crees que vamos a hacer eso. —Tan pronto como Jackson terminó la frase, recibió una patada por detrás. Y no se trata de nadie más ni nadie menos que Javier, empuñando ambos machetes.

Jackson no lo puede creer. No sabía que el odio que le tenía Javier en serio lo llevaría a esto. En su mente, solo interpretaba las acciones pasadas de Javier como una simple forma de molestarlo. Pero ahora le quedó más que claro que las cosas no son así.

Por su lado, Javier está cegado por la ira y el rencor, y ya no le importa si tiene que matar a Jackson para hacer justicia por sus propias manos. Le quitaron lo único que de verdad lo motivaba a seguir adelante, y ya nadie podrá devolverlo.

—¡Javier espera! —pidió Jackson mientras esquiva los machetazos—. Esa noche, las cosas no pasaron como crees.

—¿A qué te refieres?

—Esa noche, Ámbar y yo no sabíamos qué hacer en lo que aparecía algún sospechoso, así que le pedí que me acompañara a una de las habitaciones. Pensé que sería el momento perfecto para pedirle que fuera mi novia, pero no fue así...

✳•≫————≪•° ✳ °•≫————≪•✳

—¿No crees que está muy oscuro aquí? —me preguntó mientras caminaba lentamente por la habitación.

—No lo sé, tal vez se fue la luz —Ese detalle no me pareció muy importante, así que solo traté de concentrarme en la razón por la que estábamos ahí—. Hay algo que quiero preguntarte.

No me sentía muy bien y tuve que sentarme en el suelo. Pero me choqué con una de las camas, lo que llamó la atención de Ámbar que ya estaba demasiado asustada como para atreverse a dar otro paso, por lo que trató de hablarme desde una de las esquinas.

—¿Te pasa algo, Jackson? —Eso hizo que me diera cuenta de lo que estaba a punto de pasar.

—Vete...

—¡No voy a dejarte aquí con esa cosa suelta! —Ella tuvo la valentía suficiente para empezar a acercarse, pero no quería que corriera peligro.

—¡Ya no te acerques por favor! —Me estaba sintiendo cada vez peor y estaba entrando en pánico.

—Entonces trata de venir porque no pienso moverme hasta que los dos estemos afuera. ¡Vamos Jackson!

—Perdóname Ámbar...

✳•≫————≪•° ✳ °•≫————≪•✳

—Claro que recuerdo lo que pasó esa noche, pero no quería decirlo antes porque me sentía culpable.

Un silencio sepulcral invadió la mansión, y Misterio está empezando a desesperarse al ver que no está pasando nada. Aunque al mismo tiempo confía en su marioneta favorita, es así que decide mantener la calma y esperar la reacción de uno de ellos.

Por su parte, los demás quieren decir o hacer algo al respecto, pero el miedo a ser castigados, sumado con el bloqueo mental, no les sirve de nada. Excepto Brayan y Nicole, quienes se mantienen al tanto de cada acción que hagan sus compañeros, confiando en que harán lo correcto.

—No te creo... —dice Javier levantándose con lágrimas deslizándose en su rostro y apretando los machetes con más fuerza que antes— ¡MENTIROSO!

Cegado por la ira y la mala influencia de Misterio, Javier está tratando a toda costa de apuñalar al que antes consideraba su compañero. Haciendo movimientos rápidos y sin quitarle la vista a su objetivo.

Pero Jackson se niega a pelear, no quiere hacerle daño a Javier. Tal vez no haya sido la mejor persona que haya conocido, pero para él sigue siendo una víctima más de ese perverso ser. Por eso, a pesar de tener un machete en mano, Jackson se limita a esquivar cada uno de los ataques de Javier.

—Solo estás empeorando la situación —le advierte Javier—. ¡Quédate quieto de una maldita vez!

Luego de varias horas, sus compañeros están preocupados de cómo pueda resultar todo esto. Ya se han hecho algunos cortes entre sí, pero el reto no se acabará hasta que uno de los dos caiga al suelo.

Ambos están exhaustos y solo quieren que esta pesadilla termine. Pero desgraciadamente, Jackson se distrajo para tratar de recuperar el aliento, y Javier aprovechó esta oportunidad para abalanzarse sobre él e intentar enterrar el machete en su cabeza. Por fortuna, Jackson fue advertido por Elizabeth y está reteniendo el machete de Javier con el suyo.

—¡Defiéndete Jack! —le grita Brayan atemorizado— Si no lo haces acabará contigo. Y la verdad... no quiero que me abandones.

Nicole también trata de que Javier se detenga porque lo que está haciendo no vale la pena, pero como era de esperarse, está más concentrado en tratar de enterrar el machete a su oponente, que de ser correcto. Pero luego de lo que dijo Brayan, a Jackson se le ocurre un plan que pondrá fin a todo esto.

—Espero que algún día me perdones...

Sin darse cuenta, Jackson utilizó su mano libre para enterrar el machete en el estómago de Javier. Lo que dejó impresionado hasta al mismo Misterio.

Javier se aleja de Jackson con pasos torpes y débiles antes de perder el equilibrio y caer al suelo. En este momento, las escaleras que conectan con la arena ya les permiten a sus compañeros bajar para intentar salvar a su amigo que está agonizando.

—Perdón por haberte tratado de esa forma. —Nicole ya no aguanta las lágrimas.

AGONIA

—Yo también lo siento amigo, pero no tuve otra opción —concluye Jackson.

—Soy yo el que les debe una disculpa. No debí tratarlos de esa forma, aún sabiendo que no era del todo su culpa —Javier está empeorando y él tampoco puede evitar derramar una última lágrima—. Al menos volveré a estar con Ámbar...

Finalmente, Javier se ha quedado en silencio, haciendo evidente que ya pasó a una mejor vida y dejando a la mansión con un penoso silencio, donde antes había risas y agradables momentos que ya no serán fáciles de recuperar.

Capítulo 21

Son las tres y media de la tarde y el detective está en su oficina repasando todo lo que tiene del caso de los jóvenes. Estaba a punto de irse al ver que todavía no llega a nada, cuando recibe una llamada que no duda en contestar. Al hacerlo, recibe una inesperada invitación por parte del padre de Javier con relación al caso de su hijo. El detective ve esta como una buena oportunidad para avanzar y decide aceptar e ir a la casa de aquel hombre.

—Mire. Se que ya no están investigando nuestro caso, pero algo muy raro sucedió anoche cuando encontré el cuerpo de mi hijo.

—Tranquilícese y trate de recordar cada detalle.

—Está bien —deja la taza de café en la mesa—. Anoche me despertó el sonido de la televisión, y como actualmente vivo solo, pensé que la había dejado encendida. Pero cuando bajé las escaleras y fui a la sala, vi a un hombre sentado en el sofá viendo la televisión. Cuando se dio cuenta de mi presencia, me saludó sin decir ni una sola palabra.

Corrí a la cocina para llamar a la policía, pero cuando regresé a la sala, el cuerpo de mi hijo estaba en su lugar.

AGONIA

143

—¿Recuerda la apariencia de aquel hombre? —El detective saca su libreta y un bolígrafo.

—Em, el tipo permaneció sentado así que no puedo decirle cuánto medía. Pero si recuerdo que llevaba puesto un traje oscuro y unos guantes del mismo color. También llevaba puesta una máscara negra con detalles plateados en la zona del ojo izquierdo, y un diseño ondulado del mismo color en la parte inferior del lado derecho.

—De acuerdo. ¿Algo más señor?

El detective deja de escribir y levanta la vista al no recibir una respuesta, solo para ver que el padre de Javier tiene los ojos completamente negros, excepto las pupilas que las tiene de un luminoso color plata. Y a parte, el hombre le está sonriendo de una forma bastante perturbadora. Tanto, que el detective se echó para atrás del susto.

—Se lo advertí, detective. Pero veo que usted es un hueso duro de roer. Aunque por otro lado, me alegra haber conseguido un nuevo juguete, y voy a divertirme mucho jugando con usted.

—¡Te equivocas! —el detective arroja la libreta contra la mesa— Te voy a encontrar, ¡y haré que pagues por todo lo que le hiciste a esos chicos!

—¿Está seguro? —inclinó la cabeza de forma sutil—. Porque yo estoy en todas partes...

—¡Juro que lo haré, aunque sea lo último que haga!

—Esto será muy divertido —Misterio se levanta y se agarra la cabeza—. Adiós detective~

Antes de irse, Misterio giró de forma brusca el cuello del padre de Javier, causándole una muerte casi instantánea.

Mientras tanto en la mansión. Brayan y Jackson están hablando en uno de los muebles de la sala principal como siempre, junto con Nicole que se acaba de unir a la conversación. Lo que le recuerda a Brayan una cosa que le quiso comentar a su amigo.

—Oye, Jackson. Hay algo que quisimos preguntarte anoche.

—¿Qué cosa?

—Queremos saber por qué mataste a Javier —dijo Nicole con un tono un poco retador.

—Aunque no me agradaba mucho, la razón por la que decidí matarlo es porque sabía que si me mataba, Ámbar no volvería, y estaría tan triste como al principio. Y tampoco quería que Brayan pasara por lo mismo una vez que me fuera. Así que lo maté con tal de que todos estuviéramos bien.

—Lo que hiciste por ellos fue algo muy bueno, Jack. —dice Nicole— Me pregunto qué pasaría si Javier hubiese sobrevivido.

—Ni idea... —le responde y mira al suelo con tristeza.

Jackson sigue sintiéndose culpable porque ahora son dos personas las que murieron por su mano, y eso no es algo que se pueda olvidar fácilmente. Pero confía en que ha hecho lo correcto. Aunque sigue con la duda de qué fue lo que Misterio le dijo a Javier como para que actuara de esa forma, y si tal vez él también está siendo manipulado.

En cambio, Brayan está más que feliz de tener a Jackson de vuelta. Después de todo, él fue quien lo ayudó a confiar en sí mismo para declararle su amor a Alexander, incluso lo apoyó cuando este lo rechazó.

AGONIA

Mientras tanto. Elizabeth está paseando por la sala cuando de repente se percata de una pequeña nota en uno de los viejos estantes. Su curiosidad la impulsa a tomarla, y de inmediato llama a sus compañeros para leerles la misteriosa nota.

«Juguemos a las escondidas»

Elizabeth deja caer la carta porque acaba de escuchar la risa y los pasos de lo que ellos piensan que es una niña pequeña.

Los jóvenes se miran los unos a los otros para saber si se trata de una broma pesada. Pero entonces escuchan una pequeña y delicada voz desde las escaleras, que les eriza la piel.

—¿No vamos a jugar?

Armados de valor, el grupo no pierde el tiempo y toma la difícil decisión de buscar a la pequeña. Algunos pensando que tal vez se trate de otra persona secuestrada, al igual que ellos. Y tratándose de una menor, comienzan la búsqueda lo más pronto posible.

Los minutos pasan y ellos no paran de escuchar como la pequeña criatura está riendo y jugando en cada parte de la mansión. Como saben que este lugar es muy grande, los jóvenes se dividen como pueden. Algunos optan por ir solos y otros en grupos de tres y de dos.

Taylor fue parte de los que quisieron buscar solos. Por supuesto, ahora está empezando a arrepentirse al ver que le tocó revisar en el oscuro pasillo de la tercera planta. Un lugar donde apenas llega la luz de las altas lámparas de araña.

Ella está caminando a pasos lentos y acaba de escuchar una pequeña risa que le sirvió para saber dónde está la niña, quien se esconde detrás de la puerta del lado izquierdo. Y luego de discutirlo en un pequeño soliloquio, Taylor toma el valor suficiente como para abrirla, siendo lo más cautelosa posible.

Al abrirla y asomar la cabeza, Taylor observa con temor a la niña que está "jugando" al fondo de la habitación. Su cabello castaño y ondulado le cubre parte de la cara, aunque la mirada que le lanzó le permitió ver sus lindos ojos violeta, que reflejan inocencia. Pero solo fue un pequeño truco para que la pequeña pudiera escapar.

Al darse cuenta de lo ocurrido, Taylor no pierde el tiempo y va a buscar a sus compañeros. Encontrándose así con Elizabeth, Jackson y Brayan en el segundo piso.

—¡Chicos, la vi!

—¿Estás segura, Taylor? —le pregunta Elizabeth levantando una ceja.

—¡Vengan, les juro que está allá arriba!

Jackson accede a ir con ella para que deje de insistir, y Brayan y Elizabeth también la siguen, pero solo por curiosidad. Los jóvenes corren hacia el tercer piso y llegan a la entrada de la habitación donde Taylor tuvo el encuentro. Pero al abrirla, la habitación está totalmente vacía. A pesar de que ella insiste en que lo que vio fue real.

Las horas pasan y todavía no encuentran a la niña, pero no todo está perdido porque Elizabeth tiene un truco bajo la manga.

—Tranquilos chicos, sé que hay que hacer en esta situación.

—Está bien —Jackson extiende su mano indicando que pase al frente—. Adelante.

—Se aclara la garganta—¡Escúchame bien! ¡Ven acá, si no quieres que vaya a buscarte!

AGONIA

—¡Elizabeth! —Brayan la detiene antes de que diga otra cosa—. Esa no es forma de hablarle a una pobre niña.

Brayan se abre paso y toma el lugar de Elizabeth por que le quedó claro que sería lo mejor para todos. El grupo sigue caminando y Taylor le dice a Brayan que trate de llamar su atención porque de lo contrario, van a amanecer buscándola. Brayan asiente y comienza a hablar con una voz tan suave y cariñosa que deja sorprendidos a sus compañeros.

—Vamos pequeña, no queremos hacerte daño. Somos tus amigos.

Los chicos se detienen al escuchar unos pasos que al parecer se detuvieron en el fondo del pasillo. Brayan mantiene la calma, y lejos de asustarse sigue hablando.

—Sé que estás asustada, pero hay un hombre muy malo y queremos protegerte de él.

Todo el revuelo llama la atención de los demás jóvenes quienes se juntan con ellos. Todo para ver como Brayan se acerca lentamente al cuarto que está al fondo del pasillo, manteniendo la misma voz cariñosa en todo momento.

Al entrar encuentran a la niña parada al fondo de la habitación con una pequeña vaca de peluche en sus manos. La pobre está temblando de miedo y retrocede cada vez que uno de ellos intenta acercarse. Solo Brayan puede acercarse sin que la niña retroceda y se asuste.

—Tranquila, ya no tienes nada de qué temer. —Michael le dedicó una cálida sonrisa, pero al mismo tiempo manteniendo su posición junto con sus compañeros.

Al darse cuenta de la situación, la niña se tranquiliza y suelta una risa que apenas pudieron escuchar para luego decir— Me encontraron.

—Así es —Brayan se sienta al frente de la pequeña y extiende sus brazos—. Ahora, ven aquí.

La niña corre y abraza a Brayan mientras no deja de sollozar. Sus amigos están sorprendidos e incluso un poco asustados porque aún no saben cómo llegó la niña a la mansión o si la obligaron a estar ahí como les pasó a ellos.

La niña se aparta de Brayan y comienza a desvanecerse, no sin antes agradecer a sus nuevos amigos por jugar con ella por última vez. Algo que provocó que más de uno soltase una lágrima.

Lo que ellos no saben, es que la muerte de aquella niña fue algo accidental.

Hace mucho tiempo, años antes de que los jóvenes entraran a la mansión. Una pequeña niña llamada Alice, irrumpió en la entonces aparente casa abandonada, en busca de alguien que jugara con ella. La niña se distrajo tanto que no se había dado cuenta de qué Misterio había llegado para revisar el estado de la casa. Pero en lugar de enojarse con ella, le propuso que jugaran a las escondidas.

Cuando Misterio ya no pudo escuchar a la niña, abandonó otra vez la mansión, pensando que la pequeña criatura se había ido.

Mientras tanto, Alice recorrió toda la mansión tratando de encontrar un buen lugar para esconderse. En una oportunidad. la niña por poco es aplastada por un trozo de madera proveniente del piso de

AGONIA

arriba, pero de todas formas no iba a perder la oportunidad de jugar con su nuevo amigo.

Entonces subió y se encontró con una puerta abierta que era la entrada de una ex habitación de invitados. Y entre el polvo, los escombros y las telarañas, había un armario al fondo en una esquina. Alice lo vio como un buen escondite, y luego de consultarlo con su vaquita de peluche, se escondió dentro de aquel armario.

Las horas pasaron y su familia ya se estaba preocupando porque la habían dejado jugando afuera, y la niña ahora estaba desaparecida. Por supuesto, despidieron a su niñera por negligencia infantil, pero eso no hizo que Alice regresara.

Una semana después, los oficiales fueron a la casa abandonada, por unas quejas por parte de los vecinos cercanos, debido al mal olor que salía de aquel lugar. Unas horas más tarde, encontraron el cuerpo sin vida de Alice dentro del mismo armario en el que esperaba ser encontrada por su "amigo".

Capítulo 22

Los débiles rayos del Sol han vuelto a tocar las paredes de la mansión. Hace unos instantes los jóvenes se despertaron y no les importó comerse un pan vacío con agua después de no recibir nada de comer anoche. De todos modos, Jackson va a charlar con su buen amigo Brayan, pero este se muestra desconectado de su alrededor, como si algo le molestara. Por eso Jackson va a hablar con él, porque ya tiene una posible razón para su comportamiento.

—¿Sigues pensando en esa niña? —Jackson intenta sacarlo de su burbuja.

—Por supuesto. —Por primera vez, Brayan es completamente serio, incluso demasiado para alguien como él—. Saber que jugaste con una niña muerta no es algo que puedas pasar por alto. Especialmente si no tienes idea de la forma tan horrible en la que pudo haber muerto.

—Mmm... puedes hablar con Gabriela. Ella también está tratando de averiguar más sobre las cosas que suceden por aquí y otras cosas que no me quedé a escuchar.

AGONIA

Al escuchar esto, Brayan decide seguir el consejo de su amigo y hablar con Gabriela. Aunque eso no le hace cambiar su estado de ánimo. Pero todo eso pronto pasó a segundo plano al tropezarse y caer debido a que se acaba de ir la luz. Y a pesar de ser de día, de alguna forma, las ventanas no dejan pasar ni un solo rayo de luz cuando ocurren estas cosas. Otro de los grandes misterios de este sitio.

La luz regresa, al igual que unas carcajadas por parte de Misterio. Esto enfurece y confunde a los jóvenes quienes no dudan en expresar su odio constante.

—Saludos muchachos. ¿Me extrañaron? Yo se que sí.

—Después de tantas cosas que nos hiciste, no me sorprende que nadie quiera escucharte —dijo Michael cruzando los brazos.

—Relájate, solo estoy aquí para darles un regalito por su comportamiento mientras no estaba.

Interesados, los jóvenes buscan el dichoso regalo, y desafortunadamente, es Brayan quien lo termina encontrando. Sus ojos se cristalizaron al ver que se trataba de la misma vaquita de peluche que llevaba la niña de ayer. Pero esta ya es la gota que derramó el vaso, y ya no se quedará callado.

—¡MALDITO BASTARDO! —rugió Brayan agitando el peluche— ¡¿NO TE BASTÓ CON LO QUE LE HICISTE A MIS AMIGOS, Y AHORA ESTO?!

—No entiendo de que se están quejando si sus amigos son un excelente complemento en mi colección —Misterio le responde picardía—. En cuanto a esa niña, ten por seguro de que me lo agradecerá.

—¡Espera! —Alexander interrumpe con temor, casi titubeando— ¿P-Por qué el muñeco está temblando?

Brayan deja caer el muñeco y todos se apartan de él. La pequeña e inocente vaquita de peluche se acaba de transformar en un demonio con piel de peluche, pero partes expuestas donde se ve tejido humano; esto en cada lugar donde antes estaban sus manchas. Sus pequeños cuernos crecieron hasta parecerse a los de un toro, y su boca ensalivada llena de colmillos esconde una lengua tan extraña e inquietante como la de un reptil. Y sus ojos son completamente negros, pero conservan la textura de sus ojos originales.

Misterio, en lugar de decir algo al respecto o si quiera explicar la situación, solo se limita a decirles que hay dos cuerdas y un cuchillo escondidos en toda la mansión. Ahora solo está observando con malicia como sus víctimas se esconden con sigilo y al mismo tiempo buscan las supuestas armas que les dejó.

Elizabeth se quedó atrás y quiso subir las escaleras para alcanzar a sus compañeros, pero por desgracia, dio un paso en falso y el monstruo empezó a jalarla de los tobillos, clavando sus garras para asegurar que no se le escape.

Pero ella no se iba a dar por vencida tan rápido, por lo que acaba de patearle el ojo derecho, estando a nada de llegar a su boca. Elizabeth está horrorizada al ver como el ojo de la bestia se desprende como si le hubiese arrancado uno real. Esto solo le dará unos minutos de ventaja, por lo que corre lo más rápido que puede para alcanzar a sus compañeros.

AGONIA

Lo que ella no sabe, es que por error le enseñó a la criatura que hay otros lugares en la mansión donde puede encontrar comida. El monstruo no pierde el tiempo y trepa las paredes con una gran agilidad y rapidez, emitiendo unos sonidos que se asemejan a los mugidos de una vaca, pero de una forma tan escalofriante y estremecedora, que paraliza del miedo a los jóvenes cada vez que lo escuchan.

Ellos acaban de encontrar una de las cuerdas en una habitación del segundo piso y están listos para subir al tercero, ya que no se escucha a la criatura o eso pensaban porque Jackson al asomar la cabeza para asegurarse de que pudieran cruzar a salvo, ve a la criatura rondar por el pasillo buscándolos.

Ahora los jóvenes están atrapados en aquella habitación con el corazón tan acelerado que en cualquier momento se saldría de sus pechos. La criatura está cada vez más cerca y están caminando de un lado al otro, pensando en cómo harán para escapar y encontrar las cosas que les faltan. Nicole mira por todos lados buscando algo que les pueda ser útil, y encuentra justo lo que estaba buscando en el palo de cortina.

Ella le cuenta la idea a sus compañeros, y le pide a Michael que agarre el palo y esperase detrás de la pared de la entrada para atacar al monstruo. Como era de esperarse, Michael está en total desacuerdo con este último detalle, pero nadie más está dispuesto a tomar su lugar así que no le queda de otra.

Michael se concentró tanto física como mentalmente, reprimiendo su miedo y concentrándose en la fuerza con la que sostiene el palo. El monstruo se acercó lentamente a la puerta, listo para tragárselos a todos, pero Michael le pegó con tanta fuerza que el palo se quebró en varios pedazos.

Sus amigos están muy orgullosos de él porque gracias a eso tuvieron tiempo suficiente para encontrar la otra cuerda. Ellos bajaron con cautela para que el monstruo no los vaya a atacar, y ahora están buscando el cuchillo en la sala principal. Pero parece que su suerte se terminó porque la criatura acaba de recuperarse, y ahora está más rabiosa que nunca.

—Oigan chicos —susurra Brayan haciendo gestos con las manos—, ¿a qué no saben con que me acabo de cortar?

—Menos mal es grande y parece tener una buena punta —comenta Elizabeth—. Conociéndolo, nos hubiera dejado un cuchillo de mesa.

—¿Qué estamos esperando? —pregunta Taylor—. ¡Acabemos con esa cosa!

La mansión se mantiene en casi absoluto silencio, y los jóvenes están esperando hasta que la criatura baje para poder atracarla. Por suerte o desgracia, ésta ya se dio cuenta de que no hay nadie arriba, así que baja con rapidez, tumbando muebles y cuadros. Ellos permanecen en su escondite temblando de miedo y algunos incluso pensando que pasaría si esto saliera mal.

La criatura ha llegado a la sala principal y camina lentamente mientras rastrea a los jóvenes con el olfato y su mirada tuerta. Como parte del plan, Alexander sale de la cocina y logra llamar su atención. Pero funcionó demasiado bien ya que la criatura lo está persiguiendo a más no poder, logrando acorralarlo irónicamente en la cocina.

AGONIA

Sus amigos aprovechan para seguir la otra parte del plan: que consiste en que Jackson y Brayan aten sus patas; y Taylor y Nicole sus manos. Pero no contaron con la fuerza y tamaño del monstruo, quien trata de liberarse descontroladamente para comerse a Alexander. Pero Gabriela lo empuja y el colmillo de la criatura le hace un corte en la cabeza antes de que ella sea rescatada.

Eso le sirvió a Michael como distracción, poniéndose detrás para darle el golpe final enterrando el cuchillo en lo más profundo de su pecho, perforando su corazón y causándole una hemorragia fatal. La criatura se retuerce sin parar mientras la sangre sale por montones, también emitiendo el mugido que tanto estremece a los jóvenes, bajando su intensidad hasta finalmente quedar en silencio.

Pero lo que realmente llama la atención del grupo, es la forma en la que, ese demonio sangriento y desalmado, volvió a transformarse en una pequeña vaquita de peluche. Solo que esta vez tiene un corte en el pecho por el cual sale relleno. Lamentablemente se acaba de desvanecer, tal y como lo hizo la niña de ayer, trayendo consigo la tristeza que creyeron haber olvidado.

—Siendo honesto, tenía la esperanza de que les arrancara la cabeza o de plano los mutilara. Pero viendo el lado positivo, ya no les queda mucho tiempo para jugar...

Capítulo 23

Hola, ¿hay alguien aquí?

El oficial Fernández fue enviado a la casa de su compañero, el detective, luego de varios intentos fallidos al tratar de comunicarse con él. Al entrar a la casa, notó que la puerta trasera estaba abierta, algo que lo puso alerta, sacando su pistola bajo la sospecha de que alguien pudo haber entrado. Moviéndose con cuidado, observa que las ventanas están cerradas y tapadas por las cortinas, dejando el lugar a oscuras, viéndose obligado a usar su linterna.

La situación era intensa, no se escuchaba nada o si quiera se podía ver algo. "¿Qué tal si asesinaron al detective?" "¿estaría el asesino aún aquí?", son cosas que el oficial se preguntaba al pasar cada vez más tiempo dentro de aquella casa.

Como no encontró a nadie abajo, decidió buscar arriba. Ahora está escuchando unos murmullos que provienen de la habitación principal que curiosamente es el único lugar donde hay luz. Se acercó con cuidado, apuntando con su pistola en todo momento. Con la mano

AGONIA   157

temblorosa empujó la puerta... y se alivió al ver que su compañero está sano y salvo. A pesar de las ojeras y el aspecto desaliñado.

—¿Qué haces aquí? —El detective lo mira con desconfianza.

—Llevas días faltando al trabajo y pensé que te había pasado algo. —Fernández dirige su vista hacia la pared junto a la puerta, viendo una pizarra con un montón de fotos entrelazadas con un hilo rojo—. Dijiste que íbamos a cancelar el caso.

—Lo sé, pero creo que no estaría siendo justo. Estamos hablando de doce chicos, un equipo de búsqueda, y ahora también los padres. Sea lo que sea que esté detrás de todo esto, te aseguro que no es como nosotros.

—Entiendo. —Fernández está empezando a preocuparse por su compañero, y decide retirarse luego de escuchar su radio—. Tienes que volver mañana temprano si no quieres que te despidan.

—De acuerdo. —El detective no aparta su vista de la pizarra.

—Y por favor, descansa.

•• << —————≪•°▢°•≫————— >> ••

Al levantarse, los jóvenes se llevaron una gran sorpresa. La mansión está tan ordenada como siempre. No hay vidrios rotos ni sangre, como si lo de ayer solo se tratara de una simple pesadilla. Pero sus heridas y las manchas de sangre en la ropa de Michael dicen todo lo contrario.

—Escuchen chicos, Misterio no estaba bromeando con lo que dijo anoche. —Elizabeth habla con seriedad, pero realmente tiene miedo por lo que está a punto de decir—: Solo nos quedan unos días aquí, así que por favor, traten de hacer los retos lo mejor posible si no quieren salir de ésta.

—Créeme. Ninguno de nosotros quiere morir —comenta Jackson—, así que puedes estar segura de que nadie más dejará este lugar a menos de que sea por esa puerta.

—Eso espero...

—Oye, Alex. —Gabriela toca el hombro de su amigo para que no se vaya y señala el corte que le hizo el monstruo de anoche cuando intentó comérsela—. ¿Cómo se ve?

—Bueno. Viéndolo de cerca, se te ve un poco el cráneo. Pero al menos no lo rompió.

Brayan se acerca y los saluda de forma amistosa. Luego de responderle el saludo, Alexander le pregunta por el cambio de ánimo de Jackson, ya que él antes se notaba triste y arrepentido por todo lo que había hecho. Él miró a su amigo que está en la esquina de siempre y les responde que luego de ver como terminó la niña, entendió que les hizo un favor sacándolos de este sufrimiento constante. Y eso lo ayudó a ser lo que ven hoy.

A parte de eso, también les explica que Jackson le dijo que ellos también están investigando los misterios de esta mansión, y que le dio la idea de unírseles. Gabriela lo acepta sin ningún problema y lo pone al tanto de todo. Brayan es muy curioso y permanece atento a cada detalle.

—¿Y qué creen que está coleccionando Misterio? —pregunta Alexander—. Digo, no quiero imaginarme que clase de cosas pueda querer tratándose de nosotros.

—Aún no lo sé, pero dijo que puede obtenerlo de cualquiera. Quizás se trate de un traficante de órganos. —respondió Gabriela—. O bien pudo ser algo para asustarnos. Esto puede ser un buen capítulo para mi libro. Si tan solo tuviera algo para anotar.

—No voy a preguntar. —Brayan se limita a mirar a Alexander, pero al mismo tiempo no disfruta de hacerlo luego de saber que no van a estar juntos. De hecho, ni siquiera sabe por qué decidió juntarse con ellos dos si hacen que se sienta mal por dentro.

—Saludos muchachos. Veo que algunos no tienen otra cosa en qué gastar su limitado tiempo de vida. —Una sonrisa burlesca intenta cubrir sus deseos de reírse de sus patéticas víctimas—. Debo admitir que es divertido que quieran jugar a los detectives cuando ni siquiera saben cómo salir de aquí.

—Y si ellos quieren hacerlo, ¿qué? —Aunque esto no es algo que afecte directamente a Nicole, ella no dejará que se burlen de sus amigos. Sobre todo de Brayan—. ¿Acaso te da miedo que encontremos la manera de acabar contigo?

—suspira sin perder su sonrisa— Si supieran lo que se avecina, no estarían tan confiados... pero veo que no están listos para esa conversación.

Misterio ya no quiere seguir perdiendo el tiempo y les indica a los jóvenes a que habitación deben ir para completar el reto de hoy. Aparenta ser un almacén vacío que apenas está iluminado con dos antorchas. A continuación, Misterio les pide que formen parejas y que cada uno debe atar los pies y manos del otro para luego colgarlo.

Esto les parece extraño y por supuesto peligroso, pero saben que no pueden seguir arriesgándose con las respuestas, así que siguen las órdenes al pie de la letra. Con eso hecho, Misterio procede a dar el último detalle.

—Todos los que quedaron deben tomar una de esas ballestas y disparar para liberarlos... disparar a las cuerdas, claro.

Cualquier otra persona pensaría que lo que acaba de decir es un juego, pero ellos saben que mientras más días pasen, más complicados y arriesgados se harán los retos. Pero todo sea por llegar hasta el final.

El primero en disparar es Alexander. La situación lo pone muy nervioso porque no está seguro de que vaya a atinarle a una de las cuerdas. De todas las cosas que imaginó que haría, lo último que pensó fue dispararle a un desconocido con una ballesta. Pero bien se dice que el que no arriesga, no gana. Así que lanza la primera flecha, pero por suerte la flecha no logra darle a Elizabeth, salvándose por un pelo.

—Trata de darle a las cuerdas la próxima vez —ella le habla con un tono de sugerencia, aunque por dentro quiere matarlo.

Ahora es el turno de Michael. Esto es un gran problema para él porque le falta una mano y su única mano todavía sensible al tacto por el ácido que le aventó Elizabeth hace unos días. Pero aquí no existen las excusas, Michael debe hacer pasar por lo mismo que sus compañeros.

Él prepara la ballesta, ayudándose con su boca de vez en cuando. Ninguno de sus compañeros puede ayudarlo y solo pueden ver como sorprendentemente logra preparar el tiro. Apoyando el arma entre su pecho y su brazo carente de una mano, Michael logra disparar la flecha. Pero como era de esperarse, erró el tiro y rasgó la camisa de Jackson en el área lateral (derecha) del abdomen.

—Tranquilo. —Alexander se acerca a él con una pequeña sonrisa que demuestra comprensión—. Prueba en otra dirección.

Por otro lado, Misterio no puede evitar burlarse de los intentos fallidos de Michael para tratar de acomodar otra flecha. Incluso le sorprende que alguien con tan mala suerte haya durado más de un mes con vida. Claro que esto afecta a Michael, quien deja caer una lágrima por la vergüenza: Todos esos ojos mirándolo, esperando a ver como comete otro error. Maldice el día en el que perdió su mano, en el que vio como perdía a los suyos, y sobre todo, el día en el que Misterio apareció en su vida.

Aunque todo esto lo hace por Alexander. Puede que digan que los amigos son familia, pero ninguno se compara con su hermano; es la única familia verdadera que tiene aquí, y no dejará que nada le pase. Es así que reúne la fuerza suficiente para lanzar otra flecha, y para su sorpresa, logró cortar la cuerda que sujetaba la pierna derecha de Jackson, y posteriormente, liberando a su compañero con varios tiros más.

Unas horas después ha llegado el turno de Nicole de liberar a su hermana, Taylor. Los nervios la invaden, pero a pesar de eso, no tardó mucho en romper las cuerdas que sujetaban los pies de su hermana.

—¡Vamos Nicole! ¡Solo te quedan dos! —Taylor está igual de asustada que todos en la habitación, esperando ser liberada y rogando mentalmente para que la puntería de su hermana mejore, porque falló varias veces antes de liberarle ambos pies.

—No lo sé —dice Nicole en un soliloquio—. Las cuerdas están muy cerca de la cabeza.

—No tenemos todo el día, Nicole. —Puede sonar egoísta por parte de Jackson, pero es cierto. Si no lo hace pronto, Misterio se aburrirá y ambas podrían acabar muy mal.

Nicole iba a tener un tiro acertado, pero los nervios hicieron que errara el tiro. Y por desgracia, acaba de clavar la flecha en el ojo izquierdo de Taylor. Ahora el silencio que rondaba la mansión acaba de ser sustituido por gritos incesantes, pero ninguno como el de Taylor. Un grito tan desgarrador que estremece a cualquiera.

—Al menos diste en el blanco. —Entre risas, Misterio hace referencia a la esclerótica del ojo de Taylor, que poco a poco se va tiñendo de un ligero rojo carmesí.

Asustada y sobre todo aterrada, Nicole sigue lanzando flechas, pero de una forma más precisa. Por supuesto, cada vez que apunta a una de las cuerdas, no puede evitar ver a su hermana llorando y retorciéndose de dolor. Con esto en mente, le tomó alrededor de siete intentos bajar a su hermana de ahí para que los demás puedan tratar su ojo.

—Debo admitir que me impresiona no tener que mover un dedo cuando ustedes mismos pueden lesionarse —Misterio se mantiene totalmente ajeno a la situación, y como siempre, solo le importa su entretenimiento—. Aunque... no me vendría mal hacerlo yo mismo.

•• <<──────≪•°□°•≫──────>> ••

AGONIA

Es media noche, y los jóvenes siguen tratando el ojo de Taylor. Gabriela y Michael decidieron quedarse lejos porque no soportan ver una escena tan espantosa.

Mientras tanto, Brayan y Elizabeth se ofrecieron para ayudar a su amiga. Aunque están entre quitarle la flecha o no, puesto que si se la quitan, corre el riesgo de desangrarse y causar un gran daño a su otro ojo o incluso al cerebro.

—Bueno —dice Brayan mientras examina el ojo de Taylor—. Yo le quitaré la flecha y de inmediato le vas a poner la manga, ¿Okey?

—Esté bien.

Gracias a los años que pasó ayudando en la granja de su padre, Brayan ahora es considerado como un médico para sus compañeros. Pero nunca se imaginó ver algo como esto. Finalmente, optan por quitar despacio la flecha y hacer un parche improvisado con la manga de la chaqueta de Alexander. Pero el proceso es toda una tortura para Taylor, quien grita y llora hasta más no poder. Y por si fuera poco, perdió por completo la visión de ese ojo.

Nicole se disculpó múltiples veces con ella, y Taylor por supuesto la perdonó. Pero esa imagen de su hermana gritando y llorando de dolor la dejó traumada, y es algo que por desgracia formará parte de sus pesadillas esta noche.

Capítulo 24

‒‒‒

● • <<———≪•° Noticiero matutino °•≫———>> ••

"Anoche, las calles de esta ciudad fueron testigos de un emotivo evento, donde familiares y amigos hicieron una manifestación pacífica para que la policía haga algo con respecto a la desaparición de doce jóvenes que hace un mes se fueron sin dejar rastro, y de los cuales solo cuatro cuerpos fueron encontrados, mientras que se desconoce el paradero del resto.

Con velas en mano y tristeza en el corazón. Estas personas piden que se haga justicia y que la persona que está detrás de este secuestro... sea capturada. "

•• <<———≪•°☐°•≫———>> ••

—¿Cómo va tu ojo? —Nicole todavía se siente culpable por casi matar a su hermana, incluso estos pensamientos la siguieron anoche y llegó a tener una pesadilla donde la flecha atravesaba la cabeza de Taylor, y se la arrancó para perseguirla y hacerle lo mismo.

—Aún me duele, y creo que estoy empezando a ver borroso.

AGONIA

—Mira el lado positivo —Elizabeth acaba de llegar—. Tuviste la suerte de que tu ojo frenó la flecha y puedas vivir para contarlo.

Mientras sus compañeros están ocupados con sus propios asuntos, Jackson observa con curiosidad como Brayan hace una búsqueda en los muebles de la sala principal. Pero esto no es lo único que llama su atención, ya que le parece extraño que él se haya olvidado tan rápido de la pequeña investigación que estaba haciendo en compañía de Gabriela y Alexander. A todo esto, Jackson decide finalmente preguntarle a Brayan por qué hizo este cambio tan repentino.

—Oye, ¿no que estabas investigado cosas raras con Alex y Gaby?

Ante esta inesperada pregunta, Brayan voltea para ver como Alexander y Gabriela están pasando el rato y se los ve muy felices. Ésto, sumando el hecho de que hay cosas de las que solo ellos dos entienden, como por ejemplo; el libro que Gabriela dijo que planea hacer cuando salgan de la mansión, o también algunos debates sobre unos videojuegos que solo Alexander puede entender. Con todo esto en cuenta, Brayan se muestra resignado y prefiere seguir juntándose con Jackson, quien no lo hace sentir excluido.

—No íbamos a llegar a nada —luego de darles una última mirada, voltea con desánimo y sigue con lo suyo—. Además, era muy aburrido.

Luego de varios minutos de búsqueda, Brayan encuentra algo entre los cojines de otro mueble, por lo que llama a los demás. Resulta ser que lo que encontró fueron dos cartas que parecen estar escritas de una forma tan apresurada, que es casi imposible leerlas. Pero eso no detiene a Brayan, que no lo duda ni un instante y comienza a leer una de ellas en voz alta:

«Ya pasaron tres meses desde que fui encerrado en esta casa, y siendo sincero, me arrepiento de haber aceptado construirla en primer lugar. Maldigo ese día, y sobre todo, el momento en el que él me secuestró cuando se fueron los obreros.

No ha pasado un solo día sin que ese maldito me torture. Cada día estoy más cansado y temo que un día pierda también la cordura. Y el suicidio tampoco es una opción: lo intenté todo, pero siempre hay algo que lo impide; Una clase de fuerza que frustra cada uno de mis intentos.

Creo que usa artes oscuras, porque fui testigo de cosas tan horribles que me resulta difícil describirlas. Incluso estuve a punto de ser destripado por una criatura que juraría que fue traída del mismísimo infierno, al igual que otras cosas que usa para torturarme y debilitarme. Y lo logró, vaya que lo hizo.

Nadie parece preocuparse por mí, y tal vez por eso nadie me está buscando. Por lo menos eso fue lo que él me dio a entender. Pero eso ya no me importa porque mañana será el día en el que por fin salga de esta horrible pesadilla».

—Significa que no somos los únicos... —dijo Jackson, que al mismo tiempo mira a su alrededor tratando analizar lo que acaba de leer su compañero.

—Y no creo que seremos los últimos —Taylor está detrás del sofá, entristecida de tan solo pensar cuantas personas han perecido aquí—. Lean la otra carta.

AGONIA

Brayan le hace caso a Taylor y deja la carta que estaba leyendo encima del mueble para tomar la otra y saber qué le pasó a aquel desafortunado hombre, pero al momento de agarrarla, fue alertado por el saludo de Misterio. En un intento desesperado, oculta la otra carta debajo de los cojines mientras que permanece con la otra detrás de su espalda.

Aunque no se lo demuestre a los jóvenes. Misterio empieza a sospechar sobre las cosas que hacen fuera de su presencia. Por lo que luego de debatirlo silenciosamente por unos minutos, llega a la conclusión de que tal vez deba tomar unas medidas más estrictas.

—Luego de ver el desempeño tan mediocre que demostraron ayer, realmente me sorprende que sean más de cinco.

—Te crees muy valiente solo porque estás lejos. —Jackson recibe señales de Michael para que guarde silencio y no empeore las cosas, pero las ignora, ganándose una mirada de desprecio de su parte.

—Exacto —agrega Taylor—. No eres tan intimidante como al principio, y te aseguro que jamás lograrás que te perdone por lo que me has hecho, payaso.

Aunque ellos tienen el valor de confrontar a su secuestrador, otros jóvenes como Elizabeth, Michael o Brayan, prefieren acatar las órdenes luego de ver cómo esa persona de la que se están burlando, fuera capaz de acabar con sus antiguos compañeros. Pero los demás han quedado en silencio luego de que la mansión empezara a temblar de una forma muy brusca: las luces no paran de parpadear y las cosas como cuadros y relojes caen sin control hacia el suelo.

Los jóvenes temen por su vida, e incluso Nicole empezó a rezar. Pero los llantos y los rezos no calman el caos que acaban de desatar. Y solo les queda esperar a que pase lo peor.

—Escuchen —luego de que Misterio respiró hondo, todo volvió a la normalidad—. He sido muy tolerante con ustedes, desperdicio de oxígeno. Pero la falta de respeto es algo que no puedo pasar por alto. Y es por eso que me veo en la obligación de recordarles quien es la autoridad aquí...

Los jóvenes han sido enviados a un cuarto algo oscuro y bastante polvoriento: No parece haber nada ahí, salvo una silla bastante peculiar. Se trata de la réplica exacta de un artefacto de tortura antiguo llamado "La silla de interrogaciones". Su origen se encuentra en roma y se trata de una silla con cientos de afilados clavos ubicados en el respaldo y el asiento.

Su atrevimiento les costó caro. Gracias a su rebeldía, los jóvenes tuvieron que sentarse en aquel artefacto por aproximadamente una hora. Una hora llena de lloriqueos y arrepentimientos. Pero no podían quejarse, ya que si Misterio veía algún signo de sufrimiento o escuchaba el más mínimo quejido, era capaz de obligar a esa persona a cargar unos discos de pesas para que el dolor fuera más intenso.

Misterio acaba de marcar el final del castigo, y los jóvenes no pierden el tiempo y en seguida se van a sus habitaciones, sin decir ni una sola palabra.

Ellos intentan dormir, pero su sueño se ve constantemente interrumpido por el dolor de sus heridas causadas por aquella siniestra silla.

Capítulo 25

El detective, acaba de aparecer en una especie de bosque húmedo. Se encuentra totalmente solo, y su única compañía es la luz casi extinta de la luna creciente. No hay sonido alguno más que el de las hojas y ramas que va pisando, y los truenos que indican una segunda tormenta.

Sin idea alguna de donde se encuentra, el detective sigue caminando en busca de alguna persona que lo ayude. Pero acaba de escuchar el crujido de algunas hojas detrás suyo, algo que lo hizo voltear. Pero todo su cuerpo se estremeció al ver una silueta sonriente de ojos brillantes.

No lo piensa dos veces y comienza a correr, pero la sombra no está dispuesta a dejar a su víctima. No importa cuánto corra, la criatura lo persigue con una agilidad sobrenatural, y sin darse cuenta ya lo tiene al lado. Y por si fuera poco, el detective se tropezó gracias a una rama. Levantó la mirada solo para darse cuenta de que ahora la criatura está justo frente a él.

Paralizado e indefenso, la silueta se acerca lentamente hacia él mientras se escuchan unas perturbadoras risas de fondo. La criatura permanece en silencio, mirándolo fijamente a solo un pelo de distancia. El detective no puede evitar fijarse en su mirada: mirando atentamente, se puede ver el símbolo de la muerte en los fríos ojos de su adversario. El silencio se rompe y la criatura se abalanzó a toda velocidad, emitiendo un sonido estremecedor. Muy parecido al grito de un alma en pena.

El detective se acaba de despertar sudando frío y mirando en todas direcciones en busca de aquel monstruo. Al no encontrar nada inusual se dispone a dormir, pero al recostarse y mirar al frente, observa cómo la criatura lo está saludando desde el otro lado de la ventana.

El detective se despertó del susto, dándose cuenta de que esa fue otra pesadilla, pero sabe perfectamente de quién se trata.

—Está cerca...

•• <<─────«•° En la mansión °•»─────>> ••

—No, no, no... ¡No puede ser!

Brayan está buscando por todas partes, volteando todo a su alrededor. Resulta que hoy ellos iban a leer la última carta que dejó el constructor de la mansión antes de desaparecer, pero al llegar a la sala principal y buscar en el lugar donde Brayan la escondió, esta ya no estaba. Sus compañeros se unen a la búsqueda de la misteriosa carta.

La preocupación que sienten se hace cada vez más grande a medida que van buscando la carta. El miedo justificado de tan solo pensar que

AGONIA

tal vez Misterio se haya dado cuenta de su descubrimiento y le haya hecho algo. Después de todo, él conoce este lugar mejor que nadie.

Luego de casi una hora, los jóvenes se reúnen de nuevo en la sala de estar: No hacen nada más que preguntarse entre sí si alguno encontró algo y mirar atentamente a todos lados para ver si hay algo de lo que no se dieron cuenta. Y tampoco es que tuvieran muchos lugares donde buscar, puesto que los cuartos están nuevamente cerrados bajo llave y bajo las estrictas reglas de Misterio; Las cuales deben cumplir si no quieren que las cosas vayan de mal en peor.

—¿Buscaban algo? —Escuchar esto les erizó la piel, y Misterio no puede evitar reírse al ver como la cara de sus víctimas palidece al darse cuenta de que tiene la última carta. Aunque, por alguna extraña razón, Misterio les ha dejado la otra carta justo donde ellos la habían "escondido" de él.

Los jóvenes no dicen ni una sola palabra. El miedo los está comiendo por dentro, y después del castigo que recibieron anoche y recordar las cosas que les hizo a sus compañeros, ninguno tiene la audacia de preguntarle qué hizo con la otra carta. Aunque eso signifique quedarse con la duda de saber qué pasó con aquel hombre que pudo ser la clave para salir de este lugar.

—Para el reto de hoy les habilité dos habitaciones: Cada cuenta con diferentes trampas y un cofre al final de estas. Y debo remarcar que si tienen algo de suerte podrán encontrar su preciada carta dentro de uno de ellos.

Los jóvenes no pierden el tiempo y van hacia la primera habitación, y se llevan una increíble sorpresa. Es una habitación en ruinas y con algunos escombros cayendo de vez en cuando. Esto a Gabriela le causa pavor, ya que le recuerda a la vez en la que fue amarrada y amenazada en una habitación igual a ésta. Logró escapar de aquel destino por un pelo, pero el trauma sigue ahí. Persiguiéndola día tras día.

Alexander se da cuenta a simple vista de lo que le pasa a Gabriela, y lejos de dejarla sola e ir por el cofre, se queda para consolarla y le dice que ya no tiene nada de que temer porque ahora ellos están aquí para protegerla y ayudarla. Es así que con esas simples pero sinceras palabras, Gabriela toma la mano de Alexander y avanza a pasos lentos en compañía de Elizabeth, Taylor y Nicole. Ahora su trauma no es tan grande como su deseo de libertad, y está dispuesta a realizar el reto con tal de conseguirla.

—Sabía que podrías —le dijo Elizabeth, dedicándole una sonrisa que refleja su orgullo.

Todo parece ir bien. El grupo logró avanzar y ya están a mitad de camino para ver si tal vez la carta está en ese cofre. Pero de pronto, la risa de Misterio se comienza a escuchar por toda la habitación, paralizando a los jóvenes.

—¿Creyeron que se los pondría tan fácil?

La habitación se expande lentamente y está empezando a temblar de una manera muy brusca. Ellos están asustados, pero aún así permanecen juntos. Pero eso no es todo, porque ahora el suelo se está agrietando y parece que se está abriendo, dejando solo unas plataformas de lo que antes era un suelo; tal como el reto de la prueba de confianza. Esto es demasiado para Gabriela, quien a duras penas

AGONIA

ha conseguido entrar ahí en primer lugar, y ahora está tan asustada que no puede evitar derramar las lágrimas que estuvo conteniendo desde un principio.

Sus compañeros se encuentran igual de asustados y se quedaron inmóviles por unos segundos. Pero ahora esto ya no es territorio desconocido.

—Ya saben lo que tienen que hacer –indicó Michael.

El grupo decide dividirse para saltar por las plataformas hasta llegar al otro lado donde los espera el cofre. A pesar del peligro que los acecha abajo, se las arreglan para saltar las plataformas con la mejor precisión posible.

Finalmente lograron cruzar, contándoles varias lesiones. Michael se apresura para abrir el cofre... y la dura realidad los golpea al ver que dentro de él sólo hay un papel diciendo: "Buen intento, idiotas".

Este fue un golpe duro y ha dejado a más de uno con una rabia intensa hacia Misterio. Arriesgar la vida de esa forma y enfrentarse a un trauma, solo para que se rían en su cara es algo que sin dudas los destrozó. Pero Nicole no piensa rendirse tan fácil, ella le recordó a sus compañeros que hay dos cofres; que si en este no está, significa que entonces el cofre de la segunda habitación es el que tiene la segunda carta. Este hecho levanta el ánimo de los jóvenes, quienes se dirigen hacia la siguiente y última habitación.

Las ventanas de este lugar están cubiertas en su totalidad por unos tablones de madera: Dándole una atmósfera oscura, y produciendo a los jóvenes una sensación inquietante. El camino por recorrer hasta el otro lado no se ve fácil: es una habitación enorme y apenas el cofre es visible del otro lado. Ellos no tienen otra opción más que cruzar, yendo en contra de todos sus instintos.

—Manténganse alerta —avisó Elizabeth, ya que tiene el presentimiento de que algo los está observando.

Nicole la apoya; sobre todo porque le tiene miedo a la oscuridad gracias a las múltiples cosas que han pasado luego de que Misterio cortara las luces de la mansión en varias ocasiones para sus siniestros propósitos.

Sus compañeros les hacen caso y caminan sigilosamente por la habitación. Moviendo algunos muebles que se cruzan en su camino. Pero ahora no se paran de escuchar unos ruidos semejantes a unos palos chocando contra las paredes. Algo que no pasan por alto, y los anima a encontrar la causa de tan misterioso sonido.

En el camino, Jackson se percata de algo inusual que hay detrás de un armario.

—Creo que vi algo detrás de esa cosa —Jackson intenta apartar el armario, pero es inusualmente pesado.

—Ven, déjame ayudarte —dijo Michael.

Jackson intenta descubrir qué se esconde detrás del armario con la ayuda de Michael y Brayan, pero al apartar dicho mueble, sus pupilas se dilatan al encontrar un esqueleto humano. Al verlo, la mayoría se parta de él al instante. Pero Michael más bien se queda preguntándose de quién podrá ser este esqueleto, aunque Jackson y Taylor no entienden por qué los demás se alejan si esto no les va a hacer nada.

AGONIA

175

—Relájense, ya está muerto. —Taylor permanece junto al cadáver y se acerca lentamente hacia él, ignorando las advertencias de Alexander.

—Veo que no te enseñaron que las apariencias engañan. — Misterio deja pensando a los jóvenes, y un silencio inquietante se adueña del lugar.

Todos, incluyendo a Michael, se mantienen alerta mirando a todos lados. Jackson, Alexander y Taylor no apartan la vista de aquel objeto. Pero algo hace que Taylor se acerque lentamente hacia el esqueleto, provocando pánico en sus compañeros. Y ese pánico ahora es terror porque el esqueleto la acaba de tomar del cuello.

Taylor intenta desesperadamente soltarse de su agarre, y Elizabeth la ayuda pateando el cráneo de la criatura, al punto de prácticamente desmontarlo. Esto les da unos minutos de ventaja que aprovechan para correr. Están a medio camino, pero se detienen es seco al escuchar como el esqueleto se acomoda sus partes. Ellos están aterrados y comienzan a huir de él, y se dan cuenta de que la mejor forma de pasar esto es si se escabullen.

El lugar está en silencio, y solo se escucha el sonido de los huesos impactando contra el suelo y chocando entre sí a medida que la criatura avanza. La situación es tan tensa, que Brayan tuvo que taparle la boca Nicole para que ella no gritara, pero sus gemidos de desesperación y sus lágrimas no son algo que se pueda controlar.

Ellos logran avanzar sigilosamente sin ser vistos por la criatura. Estaban a punto de tener una victoria asegurada, si no fuese porque Alexander tropezó con una mesa de noche. El esqueleto no pierde el tiempo y corre tras ellos, emitiendo ruidos estremecedores. Pero por fortuna logran salir por un pelo, y el mismo Alexander cierra la puerta lo más rápido posible; causando que la criatura choque y sus huesos se dispersen.

—Lo hicimos... —dice Nicole sorprendida—. No puede ser, ¡lo hicimos!

—Eso veo —añade Misterio con una voz fría y siniestra para luego volver con su tono natural—. Esta vez no fueron tan patéticos, y creo que ya están listos. Pero antes que nada, les aviso que podrán encontrar su recompensa en el comedor.

Al llegar al comedor, los jóvenes se encuentran con una grata sorpresa: Sobre la mesa hay un enorme banquete con toda clase de manjares y platillos que ellos ya ni siquiera recordaban.

—Disfruten su última cena, muchachos... Los quiero ver bien descansados y listos mañana temprano.

Antes de que los jóvenes pudiesen probar tan siquiera un bocado, Brayan les recordó la razón principal por la que entraron a aquellas habitaciones, la cual no es nada más ni nada menos que la última carta de la persona que se encargó de construir este horrible lugar. Elizabeth saca ese objeto del cofre, y al momento de reunirlos a todos, comienza a leer:

«Aún tengo recuerdos de ese día...

Cuando la mansión estuvo lista, él se quedó adentro junto a una pared. Eso llamó mi atención y cuando le pregunté, me respondió que estaba terminando los últimos detalles del plan que tenía para ella. No había entendido nada de eso hasta ahora.

AGONIA

Resulta que, sea lo que sea que haya hecho aquí, ahora le permite transformar este sitio a su antojo. Creando su propia realidad entre estas paredes. Fui un idiota al no darme cuenta de eso hasta este momento.

La mansión está diseñada para que nadie pueda entrar o salir. Es casi imposible, a menos de que él esté aquí: Por alguna razón, si se manifiesta, las puertas y ventanas vuelven a su estado original, dándote una oportunidad de salir. Pero Misterio es un ser diabólico, nunca dejará que salgas a menos que consiga lo quiere.

De todas formas, esto ya no me servirá de nada. Esta es mi última oportunidad y espero no morir en el intento. No pienso rendirme hasta volver con Melinda y mi pequeña Rachel. Ellas son el único motivo por el cual pude llegar a este punto, y no dejaré que ese idiota lo arruine.

Solo espero que todo mejore después de esto».

—No le importó que tuviese una familia... —Jackson está impactado por todo lo que acaba de escuchar, viendo la situación desde una nueva perspectiva.

—Ánimo, Jackson —Brayan pudo notar la preocupación de su amigo—. Estoy seguro de que él pudo escapar y reunirse con ellas. Ahora vamos, hace mucho que no como algo decente.

Capítulo 26

Los jóvenes batallaron mucho y lograron llegar a este punto. Hoy es el día en el que pondrán a prueba su suerte. Muchos murieron, y sus cuerpos solo pudieron ver la luz en la morgue. La aparición de estos cadáveres sorprendió a todo el mundo, convirtiéndo a este caso en uno de los más atroces de la historia. Los sobrevivientes están preparándose física y mentalmente para este último desafío: Ya no son los adolescentes indefensos que llegaron hace unos meses, ahora son sobrevivientes que buscarán su libertad cueste lo que cueste.

El camino no ha sido fácil: Todos tienen quemaduras, rasguños, e incluso a algunos les faltan partes de su cuerpo. Pero todo eso valió la pena. Algo que ellos no saben es que su familia nunca dejó de buscarlos. Cada día que los jóvenes pasan sin ver a sus seres queridos les rompe el corazón y darían lo que fuera por sentir un último abrazo de sus madres o escuchar las palabras de aliento de sus padres. Pero si tienen suerte y todo llega a salir bien, podrán volver a sentir lo que es el amor; algo que se perdió una vez que llegaron aquí. No es lo mismo

AGONIA

una familia de amigos, que aquella que te vio crecer y te apoyó en cada parte de tu vida.

—¡Vamos chicos! —Una luz centelleante brilla en los ojos de Elizabeth— Este es el momento que estábamos esperando. ¡Demostrémosle a Misterio de lo que realmente somos capaces!

—¡Wow, Elizabeth! realmente te has inspirado —comenta Michael con una sonrisa llena de nervios.

—No lo sé chicos —agrega Gabriela—. Sé que voy a sonar pesimista pero, ¿Y si no lo logramos? Ya hemos burlado a la muerte muchas veces y nadie nos asegura que esta vez sea así.

—Mira —Alexander se acerca a ella—. Te prometo, es más, te aseguro que todos vamos a salir de aquí. No permitiré que nada malo te pase. Y si no lo logro, quiero que al menos tú lo hagas y puedas escribir ese libro del que tanto me hablaste. Solo así podré descansar sabiendo que cumplí mi palabra y que eres feliz otra vez.

—No digas eso, Alex. —Sus ojos se cristalizaron—. Si lo que dices es cierto, tú y yo saldremos juntos sin importar lo que pase. Creceremos, y ambos tendremos una hermosa vida lejos de estas paredes.

•• <<————≪•°◻°•≫————>> ••

La estación de policía se siente más tranquila que de costumbre. El oficial Fernández se encuentra archivando algunos papeles mientras entabla una conversación con el oficial Isaías; uno de sus compañeros de trabajo. Su conversación no es nada fuera de lo común; alguien que se mete otra vez en problemas y espera un juicio, y alguna que otra alteración al orden público. Ninguno tiene conocimiento de lo que se avecina y ya casi nadie está hablando sobre el caso de los jóvenes.

La falta de pruebas y testigos se convirtió en algo desalentador que no les permitió seguir adelante con ello.

Sin embargo, el detective no está dispuesto a abandonar este caso. No ahora que tiene como principal sospechoso a una criatura sobrenatural. Estos últimos días, sus superiores le estuvieron llamando la atención por la falta de pistas coherentes, pero más que nada por el comportamiento errático que está manifestando desde el día en el que interrogó al padre de Javier. Él tampoco sabe lo importante que es este día para el caso, pero está tan alterado como si lo supiera. Para Fernández es increíble como la salud mental de su amigo se ha ido deteriorando con el paso del tiempo, y aunque quisiera hacer algo al respecto, Misterio se encargó de borrar gran parte de lo que alguna vez fue un detective dedicado, serio, y respetado. Así como lo hizo con sus otras víctimas.

●● <<────≪●°□°●≫────>> ●●

Los padres del grupo tampoco están en una situación agradable, le pidieron ayuda a todos los medios de comunicación, pero les fue inútil. Se les están acabando las ideas y su fe va en decadencia. Es una tortura para ellos levantarse cada mañana y ver los dormitorios vacíos, sus lugares favoritos acumulando polvo, y encender el televisor o el móvil y no ver ninguna noticia sobre ellos.

Todos los días se van a la cama preguntándose qué hicieron mal para que fueran castigados de esta forma. Con lágrimas esparcidas por toda la almohada y un enorme vacío en el corazón, algunos, como el padre de Jackson, lamentan no haber pasado más tiempo con ellos o siquiera hacerles saber cuánto los quieren y lo que significan para

AGONIA

ellos, en lugar de dejarlos a su suerte pensando que regalándoles cosas caras reemplazarían el amor que les hacía falta. Pero ya es muy tarde para todo eso, y ya no se pueden deshacer las cosas que se hicieron en el pasado.

Jackson no lleva una buena relación con su padre, por eso no es de extrañar que no le preocupe estar lejos de él. Su madre es la única en la familia que le da el afecto que se merece, mientras que su padre es el que pone mano dura en todo lo que hace. Forzándolo a ser alguien hecho y derecho y mantener el legado. Pero ahora que Jackson conoció a Brayan, las cosas han cambiado. Para él, es uno de los amigos más cercanos que ha hecho estando aquí, y siempre se ayudan mutuamente. Es por eso y más que planean mantener ese lazo hasta el final.

Para Michael esto fue todo un viaje. Nunca imaginó que de un día para otro estaría encerrado en una casa llena de extraños. También le ha tocado ver morir a varios de sus amigos de las formas más atroces que jamás haya visto, perdió su mano, y aún así trata de proteger a la única familia que tiene.

Al igual que sus compañeros, él tampoco sabe lo que va a pasar una vez que cruce esa puerta. ¿Seguirá en el equipo a pesar de no asistir a clases en dos meses? ¿Podrá salir lo bastante cuerdo como para contarle al mundo lo que pasó durante su captura? Son preguntas que solo el tiempo y la suerte podrán responder.

Por otro lado, Elizabeth también aprendió mucho estando aquí. Al principio, lo que le importaba era salir y darlo todo en los retos. Era bastante competitiva hasta que empezó a juntarse con personas como: Michael, Manuel, Nicole y Ámbar; personas que le enseñaron que es mejor tener amigos que tener competencia. Aunque parte de esa esencia aún sigue ahí, porque es algo que forma parte de ella.

Esa relación entre ellos es lo que les hace llegar tan lejos, nunca dejaron a nadie atrás y se ayudaron entre sí para superar sus miedos y enfrentarse a los nuevo retos por los que Misterio les hizo pasar. Nada de lo que pase romperá esa amistad tan fuerte que forjaron durante estos meses.

—¿Qué te pasa? —A pesar de todo lo anterior, Brayan nota que su amigo no ha dicho nada en lo que va del día, más bien, parece estar sumergido en un profundo mar de pensamientos.

—No puedo dejar de pensar en lo que pasó ayer —le contesta Jackson con una voz neutra, y continúa sin apartar la mirada del suelo—: Si a Misterio no le importó utilizar a ese hombre para realizar sus planes aún sabiendo que tenía una familia, quien me asegura que no estuvo planeando la muerte de todos nosotros desde un principio, manipulándonos uno por uno.

—Lo que dices puede tener algo de sentido, pero no creo que le haya hecho algo a ese sujeto.

—No tienes forma de saberlo. —Esta vez, Jackson levantó el tono de su voz sin importarle que estuviera hablando con su mejor amigo— ¡Acabó con la vida de una niña inocente, Brayan! ¡UNA NIÑA!

Brayan quiere responder y tratar de razonar con él, pero las palabras de Jackson abrieron una vieja herida. Brayan estaba dispuesto a seguir adelante y dejar todo eso en el pasado, pero al escuchar las crudas pal-

AGONIA

183

abras de su compañero, su corazón se destrozó en mil pedazos. Ahora permanece quieto, dejando que sus lágrimas fluyan en silencio.

El temperamento de Jackson llama la atención de todos en la mansión, incluyendo a Misterio, solo que a él le llamó la atención de una manera positiva. Fuera de lo que ellos piensen, él ha estado esperando este día desde el comienzo; no ha matado a ningún otro tan solo para que la experiencia fuera más placentera, y sus ganas así lo reflejan. Hoy se acabaron los juegos y los rodeos, él irá por todo para conseguir su objetivo. No importa qué o quién se cruce en su camino.

—Veo que el tiempo no perdona, ¿No es así, Jackson?

—¡Maldito! —Lo último que le quedaba de paciencia se acabó, y sigue hablando a pesar de las múltiples advertencias de sus compañeros—: ¡Dime ahora qué hiciste con Manuel, Annabelle, el tipo de la carta, la niña, y sobre todo con Ámbar!

—Oh, ¿ellos? —La felicidad de Misterio le da un tono gentil a su voz, y también lo que piensa contestarle—: Solo digamos que no tardarás mucho en reunirse con ellos. Y por cierto, tu amigo Manuel sabe muy bien con Salsa barbacoa.

—Enfermo de mierda, ¡Da la cara y pelea como hombre!

—Oh... pero si ya estoy aquí...

En cuestión de segundos, Misterio acaba de aparecer en las escaleras. Dejando paralizadas a sus víctimas.

De sonrisa sutil y apariencia sofisticada. A primera vista, Misterio no parece un peligro para nadie, al contrario, se ve como una persona común y corriente con la que alguien se podría encontrar caminando por la calle. Pero esa misma apariencia, junto con su encanto y astucia, son las armas que utiliza para atraer a sus víctimas, quienes llegan a caer sin darse cuenta.

Los jóvenes están anonadados con su presencia, y no es para menos. Si el dueño de este juego perverso aparece de una forma tan repentina, significa que algo muy grande está a punto de suceder. Pero como era de esperarse, la mayoría cae en su trampa y no lo ven como una amenaza, desconociendo el lío en el que se acaban de meter.

—Saludos muchachos. —Al igual que antes, Misterio mantiene un tono amable y sereno. Algo que provoca una extraña sensación de confianza que hace que algunos bajen la guardia—. Me alegra que por fin nos conozcamos en persona.

—¿En serio? —dice Alexander—. No se ofenda, pero esperaba algo más siniestro.

Misterio solo se ríe ante la inocencia del joven, pero algo anda mal con esta risa. Esta vez se escucha cada vez más fuerte, y se nota un grado muy alto de demencia. Su tono amigable se transforma en un sonido cada vez más inquietante a medida que sube el volumen, y esto aterra a los jóvenes que ahora quieren escapar, pero el miedo los ha dejado paralizados. Sin embargo, el miedo de Taylor se ve opacado por el rencor que estuvo arrastrando por tanto tiempo luego de constantes abusos y luego de perder a una de sus hermanas.

Esto motiva a Taylor para que dé un paso al frente y tenga la valentía de enfrentarse a él para ganarse su libertad y la de sus compañeros. Este hecho sorprende al resto del grupo y caminan hacia ella, aunque estén asustados por tener a Misterio tan cerca. Estos jóvenes están

AGONIA   185

listos para darlo todo y derrotar a su secuestrador o morir en el intento.

—¡Cometiste un grave error al venir aquí! —anunció Taylor con una postura firme y decidida.

—¡Exacto! —continúa Elizabeth con una voz temblorosa—. Esta vez tenemos la suerte de nuestro lado y vamos a borrar esa sonrisa de tu cara.

—Oh, mis queridos muchachos.... —Misterio levanta la cabeza, y con una gran sonrisa de par en par continúa—: Quisiera verlos intentarlo.

Los jóvenes están heridos y no parece que duren mucho en combate, pero de todas formas se lanzan a su última batalla. Misterio se mueve tan rápido como ve que el primer golpe. Sus movimientos son tan rápidos como los de una serpiente acuática y tan precisos como los de un lobo acechando a su presa. Pero los jóvenes también están preparados; tienen la experiencia de dos meses de retos constantes, así que le dan una buena pelea a su captor.

Elizabeth es una de las primeras en enfrentarse a él, demostrando un gran rendimiento. Ellos se encuentran en un pequeño combate cuerpo a cuerpo, que en realidad utilizó como distracción para que Taylor logre derribarlo. Pero no cuentan con algo que dijo el constructor en su último mensaje: "En este lugar, él es el dueño de su propia realidad". Misterio usa esta carta a su favor y juega un poco con la física; inclinado el suelo de tal forma que deja caer a las chicas antes de que tuvieran la oportunidad de hacerle algo.

Pero este no es un combate de dos a uno, por lo que Michael y Alexander se apresuran para ayudarlas y esconderlas. Una acción que ejecutan muy rápido, pues la pared con la que ellas iban a chocar adquirió unas púas de hierro, y de no ser por ellos, aquella pared hubiera acabado con la vida de las chicas.

Por suerte, los jóvenes lograron escapar y están escondidos en una de las habitaciones de arriba, tratando de asimilar lo que está pasando. El miedo está empezando a jugar en su contra y no les permite pensar en un plan como antes. Esta situación incluso le provocó a Gabriela un ataque de nervios. Y es que esto ya no se trata de escapar, sino de sobrevivir.

—Sé que las cosas no se ven bien, pero no podemos escondernos aquí por siempre. —Nicole le echa una mirada rápida a Misterio, viendo que está muy cerca de encontrarlos—. Está muy cerca, sea lo que sea que vayan a hacer, háganlo ahora.

—¿Y qué pretendes? —preguntó Taylor viendo que su hermana acaba de levantarse.

—Voy a hacer algo de tiempo —responde Nicole, dirigiéndose a su hermana con una sonrisa—. Ustedes traten de ir abajo, ¿okey?

Nicole sale de la habitación y se encuentra más adelante con Misterio. Ella no pierde el tiempo y comienza a correr para llamar su atención, llevándoselo al tercer piso mientras sus compañeros aprovechan para salir de su escondite.

La batalla entre Nicole y Misterio finalmente los ha llevado al ático. Los movimientos de Nicole intentan ser precisos, aunque el cansancio no se lo permita. Pero de igual forma no piensa parar. En su corazón sabe que esto no le hará ganar el tiempo suficiente como para que sus compañeros salgan de la mansión, pero sí les dará tiempo para pensar en un nuevo plan. Por desgracia, esos pensamientos le hicieron bajar la guardia. Misterio la atrapó desprevenida y acabó arrojándola contra la pared. Pero esto no es suficiente para ella y a duras penas intenta levantarse.

—Eres muy fuerte Nicole, pero veamos que tanto.

Misterio se movió tan rápido que da la ilusión de que se teletransportó. Nicole está asustada e intenta buscarlo, viendo solo un lugar oscuro y vacío, pero eso dura mucho tiempo. Misterio la sorprende enterrando una daga que tenía bien escondida en ese lugar junto con otras armas dispersas en el resto de la mansión. La daga atravesó el abdomen de Nicole, causando que caiga al suelo.

Se terminó, pero ella está conforme porque pudo ayudar a sus compañeros y sabe que dio todo lo mejor de sí. Lástima que lo último que ven sus ojos es la eterna sonrisa de Misterio, antes de finalmente dejar de luchar y dormir en su propio charco de sangre.

•• <<————«•°□°•»————>> ••

El capitán está a punto de retirarse cuando el detective irrumpe en su oficina.

—¡Oh!, no esperaba verlo a esta hora.

—Preste mucha atención.

El capitán está totalmente sorprendido por la forma en la que el detective se dirige a él, pero aún así decide escucharlo.

—Sé que esto sonará descabellado, pero creo saber lo que está pasando. Esos chicos están secuestrados y están siendo torturados por una criatura capaz de entrar en la mente de cualquiera, incluso llegando a lastimar a esa persona. Tengo una teoría de dónde podrían estar, pero créame cuando le digo que no estamos enfrentado a un enemigo común, sino a algo mucho peor.

El detective presenta toda la evidencia que ha estado recolectado durante estos meses, y al revisar esto el capitán se queda impresionado. Un silencio sepulcral invade el ambiente durante unos largos minutos, minutos en los que el detective espera impaciente la respuesta de su superior.

—Con todo respeto, detective, pero esto me parece una barbaridad y una completa pérdida de tiempo.

—¿Qué?... —El detective está anonadado.

—Lo que escuchó —resalta el capitán—. ¿Cómo piensa qué le diremos esto a la prensa o a los padres de las víctimas? Será mejor que vaya a investigar cosas más coherentes porque no tenemos tiempo para conspiraciones absurdas... pequeña marioneta.

Un cambio de voz hace que el detective se detenga frente a la puerta, pero al dirigir su vista hacia al capitán, se aterra al verlo con los mismos ojos que tenía el padre de Jackson. Sabiendo muy bien de quién se trata.

—Veo que alguien ha hecho su tarea... –dice Misterio, burlándose de él.

—¿Cómo supiste que estaría aquí?

—¿Pensabas que pasaría por alto algo como esto? Por favor, ambos sabemos que no puedo hacer eso. Sobre todo tratándose de mi juguete favorito.

AGONIA

—¡No soy tu juguete! —exclamó exaltado—. Ya descubrí lo que estás planeando, y cuando todos se enteren no serás más que otro criminal en la cárcel. Hasta podrían darte la pena de muer...

—¿Y qué piensas hacer? ¿Luchar? —Misterio sonríe al ver la cara del detective—. Por mí está bien...

Las luces parpadean y entre la confusión, el detective aprecia como la luz plateada en los ojos del capitán desaparece, dejando sus ojos completamente vacíos. Pero esos segundos se convierten en desventaja al capitán realizar el primer ataque; arrojando al detective contra la pared.

—Considere esto como mi renuncia. —El detective se reincorpora, listo para devolver el golpe.

•• <<————«•°□°•»————>> ••

Por otro lado, los jóvenes pudieron llegar sanos y salvos a la sala principal; lugar donde yace la única puerta que les permitirá escapar. Estaban a nada de tocar la perilla, pero del suelo está comenzando a emerger una especie de barrera hecha de tallos de rosa; con espinas tan afiladas que le hicieron un profundo corte a la mano de Jackson. Y por si fuera poco, el suelo perteneciente al centro de la sala acaba de hundirse, provocando que los jóvenes se alejen de la puerta y arrastrándose hasta quedar atrapados en plena sala.

Sus ojos se abrieron como nunca al ver a Misterio saliendo desde las sombras con el cuerpo de Nicole como si fuese una bufanda de zorro, acompañado de una risa escalofriante.

—¡Eres un monstruo! —Ver a su última hermana muerta fue un golpe muy duro para Taylor, quien solo puede llorar de la rabia e impotencia.

—Tienes razón... las pieles de animales ya pasaron de moda. —Con eso dicho, Misterio procede a arrojar el cuerpo de Nicole desde el balcón de las escaleras del segundo piso.

Este acto tan frío y cruel fue la gota que derramó el vaso, e impulsa a los jóvenes para que dejen de esconderse y entren en combate, siendo Michael el primero en correr hacia él y haciendo varios intentos para darle en la cara. Pero los reflejos de su adversario son muy precisos, como si ya supiera lo que va a pasar.

Pero ni toda la agilidad del mundo es suficiente en un combate de todos contra uno, por lo que no puede esquivarlos a todos y está empezando a recibir varios golpes. El tiempo corre y la balanza está comenzando a inclinarse a favor de los jóvenes. Pero mientras Misterio estaba esquivando los golpes de Elizabeth y Brayan, sucede algo que deja a todos anonadados...

Entre los múltiples golpes y la desesperación del momento, Alexander acaba de pegarle a Misterio en la cara, provocando que le brote sangre de su nariz. Pero esta no es una sangre común; está dotada de un negro profundo en lugar de un color carmesí, y no se refleja al hacer contacto con la luz. Este hecho deja un silencio sepulcral en la Mansión y los compañeros de Alexander no tardaron mucho en apartarse de ellos.

Misterio se quedó unos segundos cabizbajo y en completo silencio, para luego levantar la mirada lentamente mientras se limpia la sangre

AGONIA

de una sola pasada. Sigue en silencio, y la mirada que le dirige es tan profunda y amenazante que Alexander siente que le atravesará el alma. Dejando al joven tan quieto como una piedra.

—Saben —dice Misterio reincorporándose y mirando al resto—, me sorprende lo lejos que ha llegado todo esto, pero ¿Qué les parece si lo hacemos más justo para todos?

Sin previo aviso, la mansión comienza a temblar. Los jóvenes están pasmados y observan con temor como los ojos de Misterio empiezan a cambiar: La esclerótica pasa de un blanco tenue a un negro profundo, y su iris paso a ser de un luminoso color plata. Poco a poco Misterio se va elevando, y con él emergen del suelo las peores pesadillas de los jóvenes: Aquellas criaturas de las que creyeron haberse librado, pero que ahora volvieron para cobrar venganza.

—Este es el momento muchachos, ¡Bienvenidos al reto final!

La atmósfera es de completa tensión y un silencio nervioso recae en la mansión mientras los jóvenes retroceden ante las abominaciones que Misterio acaba de crear. Pero este silencio no dura mucho tiempo ya que las criaturas no dudan en atacarlos.

En medio del caos, Taylor retrocede para buscar algún lugar seguro para esconderse. Pero su vista ya no es la misma desde que le dispararon en el ojo, por lo que se tropieza con el cadáver de Nicole. Al ver la horrible escena, ella se derrumba y comienza a llorar mientras ve el agujero que tiene su hermana en el abdomen. Taylor mira a su alrededor y comienza a temblar, pues ya no sabe qué hacer; no sabe si quedarse a llorar la muerte de su última hermana o correr para no ser la siguiente.

—Es increíble verte así... —Taylor se sobresalta al escuchar a Nicole. Pero eso no es todo ya que acaba de levantarse y va directo hacia ella a pasos lentos—. Una hermana mayor que no pudo proteger a su propia familia, ¿y que encima se pone a llorar viéndose aún más patética? Veamos que dice Annabelle al respecto.

Desde las escaleras, Anabelle le echa un rápido vistazo a Taylor. Su cuerpo está en descomposición, sus ojos están completamente vacíos, y lleva su cabeza colgando en sus manos mientras deja ver una sonrisa que aterra a su hermana.

—Creíste que eras la más fuerte entre nosotras y mírame. ¿En serio crees que vas a escapar?

—Solo... CÁLLENSE... —exclama Taylor antes de huir de las criaturas a las que antes llamaba hermanas.

El terror y el pánico guían a Taylor hasta llegar al corredor del tercer piso. Todo está bastante oscuro y es tan silencioso que apenas se puede escuchar el desastre que hay abajo. Está segura de haberse librado de Nicole y Annabelle, pero no es tonta y sabe que no tiene mucho tiempo, por lo que mira a su alrededor buscando algún lugar donde esconderse. Algo la hace voltear, viendo a alguien parado al final del corredor en un punto muy cercano a las escaleras. Taylor siente un profundo alivio al ver a Elizabeth que vino para ayudarla, y corre hacia ella sollozando.

—O por Dios, me alegra que hayas venido. Tengo mucho miedo.

—Ya es hora de que vengas con nosotras.

Taylor no se fijó y por accidente abrazó al espíritu de Nicole, atravesando al ente y cayendo por las escaleras mientras ve toda su vida

AGONIA

pasar delante de sus ojos. Por desgracia o fortuna, aquello llega a su fin al llegar al piso, viendo como todo se va oscureciendo poco a poco.

—¡Eres un idiota! —dice Elizabeth mientras lucha contra una de las criaturas—. ¡Solo lastimas a los demás porque eres un maldito infeliz!

—¡Yo nunca quise ser un villano, ¿okey?! —Misterio se calmó, soltó un pequeño suspiro, y de un solo chasquido acaba de hacer que los monstruos inmovilicen a los jóvenes. A todos menos a Michael, quien logró esconderse.

[Misterio]

Hace mucho tiempo, fui enviado a este mundo con un maravilloso don; uno que me permite capturar almas y manipularlas a mi antojo. Pensaba usarlo para poner el mundo a mis pies hasta que conocí a Emily.

Era encantadora y nunca dejé que pensara lo contrario. Fue la primera que no intentaba utilizarme para que no me llevara su alma, ni salió corriendo cuando le conté lo que era en realidad. Simplemente me hacía sentir especial, y era la única que hacía que esta mierda valga la pena.

Un día, recibí la noticia de que Emily tuvo un accidente en la carretera. Fui tan rápido como pude, pero cuando llegué ya era demasiado tarde. Emily murió y sabía que nunca la acompañaría al más allá. Pero no pude, me rehusé a dejarla ir, así que me apoderé de su alma para preservarla y así estar juntos por toda la eternidad.

Pero una noche, paseando por el cementerio, encontré a alguien que quería sacar a Emily de la tumba y hacer cosas desagradables con su cadáver. La ira me cegó, matándolo y apoderándome también de su alma.

Con el tiempo, comenzó a gustarme esa sensación y lo repetí una y otra vez, y comencé a coleccionar las hermosas almas que rondan por este mundo. Pero disfrutaba más hacerlas sufrir cuando aún estaban en vida, así que tuve la idea de crear este lugar para traer a pobres diablos y corromperlos hasta que lo único que quede de ellos sea un alma en pena que me ayude a traer más y así hacer que mi colección crezca.

—Pero esa no es la forma —dice Gabriela—, deberías usar ese poder para ayudarnos, y tal vez con eso llenar ese vacío y superarlo. Estoy segura de que es lo que Emily hubiera querido.

—Creo que tienes razón —Misterio parece considerarlo—. Aunque olvidaste un pequeño detalle...

Con una sonrisa siniestra, Misterio agarra la muñeca de Michael antes de que éste pudiera apuñalarlo usando la daga que estaba al lado del cadáver de Nicole. El joven está tan aterrado que no sabe cómo reaccionar, y sus compañeros están en la misma situación. Ellos miran con horror como Misterio arroja a Michael contra la pared a una velocidad tan alta que el impacto se asemeja al choque de un SSC Tuatara contra un muro de concreto, causándole una muerte instantánea.

—¿En serio creíste que iba a caer con el truco más viejo del libro? —pregunta Misterio con una sonrisa enorme y burlona.

Esto es demasiado para Alexander y se suelta del agarre del monstruo para ir a llorar la muerte de su hermano, pero rápidamente es detenido por Elizabeth para que no corra la misma suerte. Ellos logran liberar a sus amigos y llevarlos al segundo piso donde yace el cuerpo de Taylor al final de las escaleras. Hay mucho por procesar y les quita las ganas de avanzar, pero el ruido de aquellas criaturas les sirve como recordatorio de que todavía tienen la oportunidad de escapar. Ahora están en un salón enorme y oscuro en el tercer piso, que esperan que les sirva como escondite hasta pensar en un plan, pero el silencio repentino en la mansión levantó algunas sospechas en Elizabeth.

—Oye Alex, ¿aún tienes la daga que tenía tu hermano?

—¿C-Cómo lo supiste? —pregunta Alexander nervioso, sacando el arma de su bolsillo.

—Eso no importa, solo pásamela. —Alexander le entrega el último recuerdo que tiene de Michael, y Elizabeth asoma cuidadosamente la cabeza para ver qué ocurre y así poder avanzar.

—No hay moros en la costa.

Sus compañeros están aliviados y listos para salir, pero son detenidos al ver que algo se asoma detrás de Elizabeth, haciendo que retrocedan. Al ver el miedo reflejado en los ojos de sus compañeros, Elizabeth voltea para ver qué ocurre. Pero esa decisión fue un grave error ya que acaba de cruzar miradas con una de las criaturas; Un oscuro ser amarillo de gran tamaño que acaba de abrir sus fauces, exhibiendo una hilera de dientes de doble fila que usará para devorarlos uno a uno. Pero Elizabeth actúa rápido y le hace un corte en los ojos. A pesar de ello, la situación está lejos de mejorar porque ahora la criatura la tiene entre sus garras. Sus compañeros quieren ayudarla, pero Jackson inmediatamente los detiene.

—¡Lárguense! —anunció Elizabeth, forcejeando las garras del monstruo—. Me quedaré para hacerles algo de tiempo.

Mientras los jóvenes están bajando las escaleras para llegar al segundo piso, Alexander se detiene por unos segundos para ver por última vez el lugar donde dejaron a su valiente amiga. Él estaba dispuesto a esperarla, pero sus esperanzas se desplomaron al escuchar un grito de agonía proveniente de esa dirección, por lo que guarda un minuto de silencio y avanza.

•• <<————≪•°◻°•≫————>> ••

El detective sigue luchando contra el capitán y no tiene idea de cómo zafarse de esta situación. El lugar es un completo desastre; decoraciones rotas, sillas tiradas, papeles esparcidos. Bien podría parecer la escena de un robo. El capitán le da un puñetazo e intenta seguir con el ataque, pero el detective lo aparta con una patada rápida en el abdomen.

El detective intenta mirar a todos lados para buscar alguna salida, pero se asombra al ver al capitán frente al escritorio, con la evidencia en la mano.

—Destruiré esta porquería y te acusarán de haber matado al pobre e indefenso capitán. —Con una risa diabólica, el capitán estaba dispuesto a romper toda la evidencia de no ser porque el detective se abalanzó sobre él. El detective lo tiene contra el suelo, pero el forcejeo hizo que cambien de lugar, y ahora capitán lo tiene abajo e intenta estrangularlo.

AGONIA 197

—¿Por qué no te rindes ahora? —El capitán estampa la cabeza del detective contra el suelo—. Después de todo, ya no eres nada...

Las carcajadas del capitán son interrumpidas por Fernández, quien acaba de pegarle con una silla, dejando al capitán tirado en el suelo.

—No se supone que estés aquí —replicó el detective, levantándose.

—Lo sé. Pero no te vi en casa, así que pensé que estarías aquí.

El detective mira a su alrededor y camina hacia los papeles que dejó caer el capitán frente al escritorio.

—Esto es un desastre —dice Fernández volteando hacia el detective—. De todos modos, debemos informarle a los demás sobre est...

—¡Carajo!

Frente a los ojos del detective, Fernandez recibe un disparo a quemarropa. El oficial cae y el capitán se pone de pie. Astutamente, aprovechó que Fernandez bajó la guardia y le sacó el arma del bolsillo. Un tiro que dejó al oficial fuera de combate casi al instante.

Sin perder el tiempo, el detective saca su arma y abre fuego contra el capitán. Los disparos lo obligan a resguardarse detrás del escritorio, buscando el ángulo perfecto.

—Ahora sí te voy mostrar lo que hace un detective de verdad.

Con un disparo al pecho, el detective finalmente logra inmovilizar al capitán.

Con la situación bajo control, se dirige hacia su compañero solo para confirmar sus trágicas sospechas. El detective recoge la evidencia, llama al equipo de emergencia, y se retira en completo silencio.

•• <<————≪•°□°•≫————>> ••

Los jóvenes han logrado llegar con éxito a la sala principal sin ser capturados por alguna criatura. Ellos no pueden creer lo que está pasando, y la muerte de sus compañeros es algo que los ha dejado aún más abrumados. Pero todavía quedan cuatro, y saben que deben enfocarse si quieren terminar con esta pesadilla. Analizando la situación se dieron cuenta de que la puerta principal y los pisos superiores ya no son una opción, pero aún no han revisado la parte trasera del primer piso. El plan que tienen ahora es tratar de llegar hasta allá, tratando de llamar la atención lo menor posible, aunque los sonidos que emiten las criaturas no hacen más fácil la tarea.

Brayan, Gabriela y Alexander lograron llegar con éxito a la parte trasera sin que nadie los viera. El lugar donde ellos se encuentran es bastante amplio; tiene un par de ventanas, pero casi no cuenta con muebles, lo que les da una clara desventaja al no tener muchos lugares donde esconderse en caso de que Misterio los atrape. Por suerte para ellos, la mayoría de las criaturas se desvanecieron al acabar con sus víctimas, dejando al resto revisando en la parte de arriba. Pero la situación da un giro inesperado al Brayan ver algo que lo deja pálido.

—¿Ámbar?

Del otro lado del salón se encuentra Jackson hablando cara a cara con el espíritu de Ámbar; La chica cuenta con las mismas características físicas con las que partió de este mundo, sumando el hecho de que sus ojos están vacíos, al igual que los monstruos y las almas que Misterio está utilizando. Pero esos detalles no detienen a Jackson, que por la culpa y la tristeza, se acerca lentamente a ella, extendiendo su mano para tratar de tener un contacto más cercano. Sus amigos

AGONIA

están impactados al ver como Ámbar imita las acciones de su antiguo compañero.

—En serio lamento que hayas terminado así —dice el joven entre lágrimas—. Nunca fue mi intención hacerte daño, y no sabes como me duele que no lleguemos a este punto juntos. Por favor, ayúdame a redimirme y a liberarte de este infierno.

El ambiente permanece en silencio por algunos minutos, hasta que finalmente Ámbar comienza a avanzar hacia Jackson. Brayan no puede creer lo que está viendo y quiere pararlo todo, pero sabe que el más mínimo movimiento puede cambiar por completo el escenario. Jackson se acerca lo suficiente hasta que ambos se dan un abrazo; significando que Ámbar nunca tuvo la intención de hacerle daño en primer lugar y solo quiso despedirse de él por última vez.

Él joven no puede contener sus emociones por más tiempo y rompe en llanto. Pero ese llanto rápidamente se convierte en un grito desenfrenado al ser atravesado por las garras de una criatura.

—¡¡¡JACKSON!!!! —Un grito desgarrador sale de la boca de Brayan mientras siente cómo todo su mundo se desmorona y su corazón se parte. Alexander toma una decisión rápida y le cubre la boca para que su situación no empeore, pero ya demasiado tarde.

—¿Por qué quieren irse tan rápido? —Un escalofrío recorre al grupo—. La fiesta apenas está comenzando...

Con una sonrisa cruel, Misterio aparece detrás de los jóvenes, helando su sangre tan solo de escuchar su voz tan cerca. Pero esto a Brayan ya no le importa y decide enfrentarse a él, en lugar de huir o esconderse. Esta decisión entristece a Gabriela y a Alexander porque significa que van a perder a otro de sus amigos. Pero lejos de ponerse triste, Brayan llama por última vez a Alexander.

—Sé que todo esto se ve mal, pero eres muy importante para mí como para dejar que algo te pase. Así que, por favor... asegúrense de salir en una pieza.

A Misterio no le importa lo que sea que haya pasado entre los jóvenes. Al final del día, nunca dejó de verlos como un simple entretenimiento. Así que no considera importante interferir a menos que sea algo que realmente represente una amenaza. Con su despedida terminada, Brayan procede a combatir por última vez para salvar a sus compañeros, dejando hasta su último aliento en ello.

—Me quitaste todo lo que amaba, todo lo que me importaba... ¡Anda!, ¡¡QUÍTAME LA VIDA TAMBIÉN!!. Pero quiero que sepas que no me iré de este mundo sin vengar la muerte de aquellos a los que alguna vez protegí.

—Tu corazón es muy noble muchacho, por eso me voy a encargar de que tu muerte sea rápida.

El enfrentamiento entre Misterio y Brayan ha comenzado. Brayan intenta poner resistencia, y por suerte para él, las criaturas se dispersaron, dejando un combate uno a uno. Pero esto no es algo del todo bueno ya que Misterio no necesita de sus criaturas para defenderse, mostrando un gran desempeño en combate. Los movimientos tan veloces de su adversario y sus ilusiones auditivas están confundiendo a Brayan y no encuentra un punto débil para atacar.

La mansión acaba de quedar a oscuras, lo que dificulta aún más la situación de Brayan. Mientras todo esto ocurre, su mente no para

AGONIA

de dar vueltas; las cosas que han pasado hoy fueron suficiente como para destruirlo tanto física como psicológicamente. Las carcajadas de Misterio pasaron de ser resonantes y corrientes a ser algo más macabro y casi inaudible. El temor empuja a Brayan hacia atrás y no para mirar a todos lados.

De repente, con una cara demoníaca y eternamente risueña, Misterio aparece detrás de Brayan sin emitir ni un solo ruido. Brayan siente las respiraciones en la nuca y se niega a voltear porque sabe lo que va a pasar, nuevamente el temor lo domina. Misterio le hizo girar la cabeza tan rápido que cayó decapitado al suelo.

La risa de Misterio se intensifica, resonando en toda la mansión. Una risa desquiciada que refleja su demencia, y su total falta de juicio. Él ya no está dispuesto a razonar...

Gabriela acaba de ver que la única forma de salir es rompiendo una de las ventanas, gracias a la última carta que les dejó el constructor. Una idea que Alexander rápidamente se niega a hacer porque es una de las primeras reglas que se les obligó cumplir desde el día que llegaron.

—¡Eso ya no importa! —dice Gabriela, tomando un candelabro de la mesa que tiene al lado—. Si no lo hacemos, vamos a morir de todos modos.

Alexander finalmente entra en razón y ayuda a Gabriela rompiendo la ventana para que ella no sufra ningún tipo de corte. Con todo listo, ambos no lo piensan dos veces y se preparan para salir.

—¿Lo hicimos? —pregunta Gabriela a varios metros de distancia mientras se toca frenéticamente para asegurarse de no estar soñando—. No lo puedo creer Alex, ¡lo hicimos!

La emoción de Gabriela se va en picada al darse cuenta de que está completamente sola. Ella camina a pasos lentos hacia la Mansión y se detiene a una distancia segura, pero lo único que consigue ver es el cuerpo de Alexander: La mitad está afuera mientras que la otra mitad sigue dentro de la mansión. Tal parece que cuando rompieron el cristal, alertaron a Misterio y a sus criaturas, quienes trataron de detenerlos. Pero lamentablemente, ella fue la única que consiguió salir.

Con todos sus compañeros muertos y abandonada en un lugar desconocido, Gabriela no tiene más remedio que seguir su camino sola hasta encontrar a alguien que la ayude. Las lágrimas caen sin control mientras observa por última vez el lugar donde conoció a los mejores amigos que pudo haber tenido, y le vienen a la mente miles de cosas que hubieran hecho juntos.

Ha llegado la noche. Está lloviendo y se escuchan varios relámpagos a la distancia. Gabriela tiene frío y está muy cansada, pero por suerte encontró una carretera donde se acaba de parar un auto perteneciente a una familia de tres, y es el padre quien reconoce a Gabriela gracias a las noticias. Ella se sube al vehículo y solo se limita a contarles que viene sola, mirando el cielo nublado y agradeciendo que por fin la sacaron de ese infierno.

•• <<————≪•° En las noticias °•≫————>> ••

AGONIA

Y en últimas noticias, acaba de suceder un milagro. Luego de varios meses de búsqueda, una familia informó a las autoridades que finalmente habían encontrado a la joven Gabriela de catorce años alrededor de las doce y cuarenta de la madrugada, rondando sola por el bosque. Según los informes; la joven se mostraba desorientada, y los estudios médicos arrojaron una serie de lesiones graves y una clara señal de desnutrición.

Con llantos y abrazos, los familiares y amigos de Gabriela la reciben en el hospital donde se encuentran actualmente tratando sus lesiones y heridas. Ellos afirman que lo consideran como un verdadero milagro, y que no pueden describir la emoción que sienten al saber que su pequeña por fin ha vuelto a casa...

Epílogo

Días después del rescate de Gabriela, las autoridades efectuaron una búsqueda con la esperanza de encontrar al resto del grupo. Misterio les había dejado algunas pistas como si se tratase de una búsqueda del tesoro. Pero aquel tesoro fueron los cadáveres de sus víctimas, esparcidos en distintas partes de la ciudad. Debido al trágico hallazgo, se realizó un solo funeral para despedirlos a todos, pero nunca imaginaron que el asesino estaría observándolos desde las sombras.

Pese al testimonio del detective, consideraron que había perdido el juicio, y lo internaron en un manicomio donde permanece hasta el día de hoy. Está mostrando pequeños avances y planea seguir adelante con su teoría a pesar de haber sido despedido hace varios días.

Gabriela se negó a cooperar con la policía y mostraba un comportamiento errático debido a los severos traumas que tuvo al pasar mucho tiempo encerrada. Su familia trató de ayudarla y la llevaron con varios especialistas, pero tan solo unos días después la encontraron ahorcada en su habitación. En la carta suicida decía:

AGONIA

"Lo siento amigos, pero no merezco mi libertad. Ese secuestro arruinó mi vida, y ya no puedo soportar este tormento. Prometo que no los dejaré solos otra vez. Lo lamento, Alex".

Las autoridades nunca descubrieron la identidad Misterio, y sigue libre como un miembro más de la sociedad. En este momento, continúa buscando más personas desafortunadas para expandir su colección.

Nadie lo sabe, pero cuando un alma pasa a estar en sus manos, puede convertirse en cualquier cosa que él desee: Un monstruo, un guardián, un mensajero, o incluso un narrador...

CPSIA information can be obtained
at www.ICGtesting.com
Printed in the USA
LVHW080723291222
735836LV00008BA/526